White Shades

The call of Angel

ANNA FAYE

ISBN-13: 978-1514876794
ISBN-10: 1514876795

~ Kein Buch mehr verpassen

durch den Newsletter auf der Homepage ~

http://annawinter.de

Email: write@annawinter.de

Facebook:
https://www.facebook.com/AnnaFaye.Autorin

Korrektorat: Diana Falke DKF-Korrekturen

WIDMUNG

Für meine liebe Lidia

Danke für alles

Du bist eine supertolle Freundin

Und deshalb wirst du mich auch nie mehr los

Bleib so wie du bist

Und mach immer gut dein Bikinitop fest

Unser Urlaub kann kommen

∞ PROLOG ∞

Okay, jetzt bloß nicht durchdrehen.

Allerdings hatte ich ein gewaltiges Problem. Mein trägerloses Bikinitop hatte sich gerade durch eine kräftige Welle verabschiedet. Nun ließ ich bloß noch meinen Kopf aus dem Wasser ragen und suchte das Meer um mich herum nach meinem weißen Top ab. Doch da waren nur weiße Schaumkronen und das Glitzern der Sonne, das sich in alle Himmelsrichtungen brach.

Eigentlich war es ein wunderschöner Tag, aber selbst jetzt im Sommer wurde das Meer vor der Südküste Englands nie richtig warm und mich stundenlang bis zur Dämmerung im Wasser zu verstecken, weil der Strand voller Menschen war, stellte keine Option dar.

Eine Möwe schrie in der Nähe, als wollte sie mich auslachen.

Mist, Mist, Mist.

Dreißig Meter weit weg von mir konnte ich mein

oranges Handtuch auf dem Sand leuchten sehen. So nah und trotzdem unerreichbar. Das fröhliche Lärmen von kleinen Kindern, die am Strand spielten, drang an mein Ohr. Die würden ganz schön gucken. Und natürlich mussten dort drüben ein paar Jugendliche Wasserball spielen. Genau in der Nähe von meinen Sachen. Deren Johlen, wenn sie mich erblicken würden, malte ich mir bereits allzu lebhaft aus. Die wären nicht so zurückhaltend wie Erwachsene, die sich auf simples Starren beschränken würden.

So oder so, das war definitiv kein guter Zeitpunkt, um im Evakostüm aus dem Meer zu steigen. Ich hatte zwar lange braune Haare, aber sie blickdicht über meinen Brüsten zu drapieren, war ein Ding der Unmöglichkeit.

Frustriert starrte ich in den blauen Himmel mit den Schäfchenwolken. Am liebsten hätte ich meine Hand nach einer Wolke ausgestreckt, mir ein neues Oberteil aus ihr gebastelt und es angezogen. Leider war diese Idee so nutzlos, dass sie nicht mal als Plan D taugte.

Ich würde ganz schön weit schwimmen müssen, um an einer Stelle aus dem Meer gelangen zu können, an der keine Menschen waren. Bloß, dass ich dort dann immer noch nichts zum Anziehen hätte.

Ich brauchte dringend ein Wunder ...

₰ 1 ₰

Als die Welt noch in Ordnung war ... na ja, oder zumindest besser als ohne Bikinitop ...

„Ich wünsche ihnen einen angenehmen Aufenthalt." Mit strahlendem Lächeln überreichte ich die Zimmerkarte und sah dem neuen Hotelgast, einer älteren Dame mit viel Rouge auf den Wangen, dabei zu, wie sie in Richtung Fahrstuhl davontingelte. Ihre Parfümwolke ließ sie indes zurück.

„So langsam füllt sich das Hotel mit Hochzeitsgästen", murmelte meine Freundin Madison, während sie sich den aufdringlichen Geruch des Duftwassers möglichst unauffällig von der Nase wegwedelte. „Ich schwöre dir, meine Oma riecht nach demselben Zeug."

„Dann muss es Chanel sein."

Sie kicherte. „Ja, vielleicht das *‚Chanel'*", sie malte Gänsefüßchen in die Luft, „das man in der Türkei günstiger bekommt.“

Ich konnte mir Madisons Oma nur schwer als Plagiatsverbrecherin vorstellen.

Maddy rief die Seite mit den Buchungen auf. Wir arbeiteten beide an der Rezeption des *Old Beauty Hotels* und für das lange Wochenende hatte sich eine komplette Hochzeitsgesellschaft bei uns einquartiert. Inzwischen waren mehr als die Hälfte der vorgesehen Gäste eingetrudelt.

Das kleine Küstenstädtchen Swanage bot wirklich eine bezaubernde Kulisse für eine Hochzeit. Und als einer der sonnigsten Orte Englands war besonders jetzt im Sommer gutes Wetter für die Trauung gewissermaßen vorprogrammiert.

Zusammen mit den Badegästen, die es nun in der Ferienzeit zuhauf ans Meer verschlug, waren wir vollkommen ausgebucht. Das machte mich sehr zufrieden. Swanage lebte vom Tourismus und wenn das Hotel gut lief, hatte ich einen sicheren Job und brauchte zum Arbeiten nicht nach Poole zu pendeln, wie es meine Mutter tat. Nicht, dass das sehr weit weg gewesen wäre. Allerdings ging ich gerne zu Fuß zur Arbeit.

„Okay, ich glaube, wir haben jetzt alle Großeltern des Brautpaars kennengelernt. Wo bleiben die scharfen Freunde des Bräutigams und dessen Trauzeuge?“, quengelte Madison.

Sie konnte Hochzeiten nichts abgewinnen, weil sie die Ehe für veraltet hielt, Flirten hingegen liebte sie über alles. Lächelnd strich sie sich über ihren blonden französischen Zopf, als wollte sie sich für einen möglichen Flirt ins Zeug legen.

Ich kicherte und schüttelte den Kopf. „Solange du mir

versprichst, nicht mit dem Bräutigam zu flirten."

„Noch hat er nicht ‚ja' gesagt."

Oh weia. Sie war ein hoffnungsloser Fall. Ich hingegen hätte gerne mit der Braut getauscht und am liebsten längst meine eigene Hochzeit gefeiert. Sie war mehr als überfällig – zumindest, wenn ich mein Leben mit dem verglich, was ich mir vor fünf Jahren für meine Zukunft ausgemalt hatte.

Spielerisch stieß ich ihr einen Ellbogen in die Seite. „Das lässt du schön bleiben."

„Ah, da kommt die Romantikpolizei."

Ich seufzte. „Romantik ist toll. Liebe ist toll. Ich will endlich das weiße Kleid aus dem Schaufenster tragen."

Maddy schnaubte. „In dem Schaufenster, von dem du sprichst, sind alle Kleider weiß. Ich weiß das, weil es das Brautmodengeschäft meiner Mutter ist."

Das *White Shades* lag direkt auf meinem Weg zur Arbeit. Jeden Morgen und jeden Abend lief ich daran vorbei und drückte mir die Nase am Schaufenster platt, weil ich es so sehr liebte, die Auslagen, die Maddys Mutter stets liebevoll gestaltete, zu betrachten. Woche für Woche, Monat für Monat, Jahr für Jahr wurden dort die Träume von Bräuten wahr. Nur meine eigenen bisher nicht. Aber manchmal ließ ihre Mom mich etwas anprobieren.

Ich seufzte, als ich an das schulterfreie Kleid mit den Blütenstickereien, dem Perlengürtel und dem weiten Rock aus zartem Tüll mit Spitzenbesatz dachte. Dazu der Organzaschleier, der sich wie eine luftige Schleppe um mich gelegt hatte. Das war der Moment gewesen, in dem es um mich geschehen war: Ich hatte mich darin als Braut gesehen. Seither träumte ich ständig davon.

„Du denkst schon wieder an dein Wunschbrautkleid, oder?“, mutmaßte Madison und kannte mich wie immer viel zu gut.

„Mhm.“ Ich nickte selig und malte mir aus, wie ich darin auf den Altar in der kleinen Kirche auf dem Hügel zuschritt.

„Himmel, du hast nicht mal einen Kerl. Sucht man sich nicht erst den Freund und dann das Kleid?“

Vermutlich. Allerdings war das mit dem Kleid viel einfacher gegangen. Es war Liebe auf den ersten Blick gewesen. Das vermisste ich bei einem Mann bisher noch. Madisons Mom verstand das. Sie und ich, wir kamen prächtig miteinander aus, hatten dieselbe romantische Ader, liebten kitschige Filme mit Happy End, Romane von Jane Austen und glaubten an die Ehe.

Maddy jedoch ...

„Du hast so gar nichts von deiner Mom abbekommen.“ Darüber wunderte ich mich immer wieder.

Meine Freundin zuckte nur die Schultern. „Ich glaube, Romantik überspringt eine Generation.“

Ja, gewiss, das musste es sein. Ich verdrehte die Augen so, dass sie es sehen konnte, und mein Blick wanderte zur gläsernen Drehtür, durch die genau in diesem Moment ein neuer Gast das Hotel betrat.

Der Mann war groß, schlank, blond und geradezu perfekt glattrasiert. So, als hätte er es eben erst vor fünf Minuten gemacht. Er trug einen feinen grauen Anzug, lockerte seine hellblaue Krawatte und hielt einen Koffer in der Hand. Der Größe seines Gepäckstücks nach zu urteilen, war er eindeutig nicht bloß für das Wochenende unterwegs. Aber was viel spannender war: Er sah unverschämt gut aus.

Ich bekam bei seinem Anblick glatt Herzrasen.

Maddy stupste mich auch prompt an. Zum Glück verbarg die Theke der Rezeption ihre Begeisterung vor seinem Blick, den er nun direkt auf mich richtete. Er lief schnurstracks auf mich zu und ich spürte regelrecht Madisons Enttäuschung, weil er sich nicht sie für seinen Check-in-Vorgang ausgesucht hatte.

Mein Hals fühlte sich etwas trocken an, als ich ihn begrüßte: „Willkommen im *Old Beauty Hotel.* Was kann ich für Sie tun?“

Geräuschvoll stellte er den Koffer auf dem weißen Steinboden ab. Auch die Außenfassade des Hotels bestand aus weißem Stein. Der Inhaber wollte, dass das Hotel wie eine Strandperle wirkte. Allerdings war es schon in die Jahre gekommen und mehr als die Drei-Sterne-Bewertung konnte es nicht vorweisen. Alles war zwar gemütlich und möglichst stilvoll eingerichtet worden, aber es gab keinen schicken Pool, keine Sauna und keinen Fitnessraum. Und auch der Zimmerservice lieferte nur während der Öffnungszeiten des Restaurants Speisen nach oben aus.

Der Mann, der etwas zu gut gekleidet für die üblichen Gäste unseres Hauses war, legte seinen Unterarm auf den Tresen. Dabei fiel mir auch die teure Uhr an seinem Handgelenk auf. „Ich will einchecken.“

Er klang geschäftsmäßig. Ein kleines Lächeln hätte ihm sicher gut gestanden. So wirkte sein Blick eher kühl und unnahbar. Seine Augen waren fast so hellblau wie seine Krawatte.

„Haben Sie reserviert?“

Schließlich waren wir ausgebucht und es wäre ein echter Jammer, wenn ich ihn nun fortschicken müsste.

„Ja, mein Name ist Rhys Sutton."

Ich suchte ihn im Computer heraus und fand seinen Namen. Er hatte das zweitbeste Zimmer des Hotels gebucht. Die bessere Suite war vom Brautpaar reserviert worden, wobei „Suite" eine schmeichelhafte Bezeichnung für ein Zimmer mit einem separaten Wohn- und Schlafbereich war. Das *Old Beauty* verfügte nur über zwei Unterkünfte dieser Kategorie. Im Grunde waren sie fast identisch und hatten beide Meerblick. Aber die bessere Suite war zusätzlich mit einer Badewanne ausgestattet.

Rhys hingegen würde duschen müssen. Keine schlechte Vorstellung.

Ich räusperte mich und nickte möglichst professionell. Es fehlte noch, dass er merkte, was ich soeben gedacht hatte. Ich wollte in seiner Gegenwart bestimmt nicht rot anlaufen. „Ja, Mister Sutton, Sie haben eines unserer besten Zimmer: Die Meerblicksuite."

Er warf einen abschätzigen Blick auf die Lobby und wölbte eine Augenbraue. „Ich kann es kaum erwarten."

Ich schielte kurz zu Maddy herüber, deren Mundwinkel zuckten. Ein Mann wie Rhys Sutton hatte also nicht aus freien Stücken hier gebucht. Dafür hatte er es allerdings gleich für zehn Tage getan. Gehörte er überhaupt zur Hochzeitsgesellschaft? Die Trauung würde bereits am Wochenende stattfinden. Irgendwie machte die Extrawoche da wenig Sinn. Aber weshalb war er dann hier?

Ich druckte ihm die Buchungsseite aus und schob sie über den Tresen. „Wenn Sie bitte hier ihre persönlichen Daten prüfen würden. Außerdem bräuchte ich dort", ich kritzelte ein Kreuz an die betreffende Stelle, „noch eine

Unterschrift von ihnen.“

Er überflog die Daten und setzte seinen Namen ziemlich zackig auf das Papier. Alles an ihm wirkte wie bei einem Geschäftsmann. Was er wohl beruflich tat? Sein Wohnort war mit London im System eingegeben. Schade. Das war zwar keine Weltreise, aber es lag auch nicht wie Poole oder Bournemouth um die Ecke.

Reiß dich zusammen, Angel. Er ist nur ein Gast, den du sowieso nicht wiedersiehst.

Trotzdem konnte ich es nicht lassen, seine Daten mit meinen abzugleichen. Laut Geburtsdatum im Ausdruck war er dreiunddreißig. Das passte ganz gut, denn ich war neunundzwanzig. Nächsten Monat dreißig. Dreißig! Ich war im allerbesten Alter für eigentlich alles. Bloß war das meinem Leben ganz schön egal.

Rhys Sutton schob mir das Blatt zurück über den Empfangstisch. Ich nahm es und streifte dabei seine Finger. Im selben Moment spürte ich einen leichten Stromschlag. Es war nur eine klitzekleine elektrische Entladung, dennoch hatte ich eher das Gefühl, dass mich ein ausgewachsener Blitz traf.

Sofort huschte mein Blick zu ihm und ich sah, dass sich seine blauen Augen auf mich gerichtet hatten. Ich starrte ihn an und schluckte schwer.

„Ähm“, stammelte ich, denn er brachte mich völlig aus dem Konzept. Ich konnte ihn bloß noch ansehen und hatte keine Ahnung mehr, was ich als Nächstes tun sollte.

Sein Blick wurde schmal und er wölbte seine Braue. „Brauchen Sie noch meine Kreditkarte?“, half er mir auf die Sprünge.

Oh Mann, war das peinlich!

Ich nickte schnell. „Ja, das wäre gut."

Ich spürte nicht nur seinen prüfenden Blick, sondern auch den meiner Freundin. Dass ich für meinen kleinen Aussetzer Madison als Augenzeugin hatte, würde ich spätestens nachher im Pub bereuen, wenn wir Feierabend hätten. Sie würde mich definitiv damit aufziehen. Das konnte ich ihr anmerken, auch ohne dass ich zu ihr schaute.

Nicht mein Tag. Nicht mein Jahr. Aber andererseits lief es ja schon seit Längerem nicht so, wie ich es wollte. Wenn ich es bloß schaffen würde, etwas anderes zu wollen.

Computer hatten es da viel leichter. Denen tippte man einfach nur ein, was sie machen sollten.

Ich bestätigte Mister Suttons Anreise im System, hinterlegte seine Kreditkartennummer und überreichte ihm seine Zimmerkarte. So kritisch wie er wirkte, war ich glatt froh, dass der Hotelmanager vor einem Jahr auf Kartenschlösser umgestellt hatte. Davor hatten wir noch Eisenschlüssel mit Anhängern benutzt, auf denen die Zimmernummern eingraviert gewesen waren. Es hatte sich immer angefühlt, als würde man eine Ladung Blei überreichen, wenn man die Schlüssel ausgehändigt hatte.

Das wäre Rhys Sutton sicher zu prähistorisch vorgekommen. Seinen Ansprüchen zu genügen, war bestimmt nicht leicht. Ich konnte mir einen Mann wie ihn komplett abschminken. Aber das würde seine Abreise in zehn Tagen sowieso erledigen.

„Ich wünsche ihnen einen angenehmen Aufenthalt, Mister Sutton."

Er nickte knapp, statt zu danken, nahm die Karte und

seinen Koffer und ging dann zu den beiden Aufzügen. Ja, wir hatten zwei! Immerhin.

Seine Rückansicht war auch nicht von schlechten Eltern. Er hatte keine ausufernd breiten Schultern wie manche Männer, die aussahen, als hätten sie sich eine Werkbank anstelle von Schulterpolstern eingebaut. Aber zusammen mit seiner schmalen Taille waren sie breit genug, um ein klassisches V zu formen.

„Du starrst ihn an, wie das Brautkleid im *White Shades*“, spöttelte Madison.

„Und du nicht?“, konterte ich.

Er gefiel ihr doch genauso.

„Nein“, behauptete sie. „Ich würde ein weißes Kleid niemals so ansehen. Aber der Typ ist heiß.“

„Und obendrein ist er nicht der Bräutigam.“

Nachdenklich kratzte sie sich den Hals. „Sollen wir Kopf oder Zahl um ihn spielen?“

Das konnte nicht ihr Ernst sein. Oder doch?

„Als ob ihn eine von uns bekommen könnte!“

Sie zuckte mit den Schultern. „Das ist eine Typfrage. Ich bin blond und du bist brünett.“

„Na, dann muss er ja eine von uns wollen“, gluckste ich. „Bei so viel Auswahl.“

Madison grinste mich an. „Da du dich fast nie was traust, habe ich zumindest ganz gute Karten.“

Freches Ding!

ꕤ 2 ꕤ

Es hatten gerade zwei weitere Gäste eingecheckt, als das Telefon klingelte. Der Anruf kam von einem der Zimmer.

Da Madison damit beschäftigt war, einige Buchungsdaten zu erfassen, nahm ich das Gespräch entgegen: „Rezeption vom *Old Beauty Hotel*, Angelina Watson am Apparat. Was kann ich für Sie tun?“

„Rhys Sutton hier.“ Bei seinen Worten spürte ich fast denselben Stromschlag wie bei seiner Berührung und meine Knie fühlten sich ganz weich an. Allerdings klang seine Stimme rau und ärgerlich. „Ich versuche, das Internet in Gang zu kriegen. Haben Sie etwa kein WLAN?“

Tja ... Technik war nicht gerade meine Stärke, aber zumindest diese Antwort konnte ich ihm geben. Sie würde ihn wohl nicht zu Luftsprüngen oder seinem vermutlich ersten Lächeln des Tages animieren.

„Nein, das tut mir sehr leid, aber wir verfügen über einen Computerplatz in der Lobby. Der hat auch

Internetzugang."

„Das ist ein Scherz, oder?" Jetzt hörte er sich ziemlich angefressen an. So wie ich das vermutet hatte. Meine hellseherischen Fähigkeiten waren schon beeindruckend.

„Leider nein, Mister Sutton."

„Und Sie haben nur einen einzigen alten Computer für alle Hotelgäste?"

Das waren maximal achtundsechzig Personen. Und mal Hand aufs Herz: Die meisten davon waren zu einer Zeit geboren worden, als man noch Rechenschieber in der Schule benutzt hatte. Da erzeugte sogar nur dieser eine Computer quasi schon ein Überangebot.

Viele Gäste wollten bloß schwimmen gehen und in Ruhe Ausflüge unternehmen. Wir waren gewiss kein Businesshotel, denn in Swanage gab es, bis auf den Tourismus, recht wenig Businesskram. Einen Geschäftsmann zu sehen, kam in etwa genauso oft vor wie eine Begegnung mit einem Außerirdischen.

Wobei der Sohn meiner Nachbarin ja ständig behauptete, Ufos am Strand gesichtet zu haben. Wäre Tonscheibenschießen hier ein beliebter Volkssport, hätten sich diese angeblichen Sichtungen leicht erklären lassen. Allerdings war er vier und wollte später Jediritter werden. Da konnte man schon mal Ufos sehen, wo keine waren.

„Ja, Mister Sutton, ich fürchte, so ist es. Aber der Computer ist frei. Ich kann ihn von hier aus sehr gut sehen."

Die Nische am Fenster mit dem PC lag verlassen da. Im Grunde also wie immer. Doch das musste ich ihm ja nicht auf die Nase binden. Vielleicht fühlte er sich dann eher wie ein Glückspilz, der den freien Platz erwischte.

Jedoch belehrten mich seine nächsten Worte eines Besseren. „Ich bin in der Steinzeit gelandet“, ächzte er.

Es lag mir auf der Zunge, ihm zu sagen, dass er sich da irrte und dass es ganz sicher nicht so schlimm war. Was hatten die Menschen nur zu Zeiten von Telefonen mit Wählscheibe gemacht, als es noch keine Handys, WLAN oder den anderen Firlefanz gegeben hatte?

Allerdings war dies kein privates Gespräch, also erwartete mein Manager sicherlich eine diplomatischere Antwort von mir, auch wenn er gar nicht mithörte. Fast schon unheimlich klickte es genau in diesem Moment in der Leitung. Hier war eben alles alt.

„Ein wenig ist die Zeit in Swanage schon stehengeblieben“, stimmte ich zu. „Aber genau dafür wird es von vielen Gästen geschätzt.“

Rhys Sutton stieß den Atem aus.

„*Ein wenig?*“, griff er meine Worte auf.

Auch wenn er sich nicht begeistert anhörte, gefiel mir seine Stimme. Ich musste schmunzeln, weil ich mir seine gewölbte Augenbraue dazu vorstellte. Amüsiert nagte ich an meiner Unterlippe und spielte mit der Kordel des Telefons. Es war natürlich auch nicht von der schnurlosen Sorte. Doch das machte nichts, weil ich beim Telefonieren gerne die gewundene Strippe um meinen Finger wickelte.

„Der Boden in meinem Zimmer ist schief“, informierte er mich. „Man läuft darauf, wie ein betrunkener Seemann. Und das ist die Suite!“

Ich verkniff mir ein Kichern und versuchte, souverän zu klingen. „Machen Sie sich keine Sorgen, Mister Sutton. Ein Statiker hat alles geprüft. Sie sind hier vollkommen sicher."

Und dann geschah etwas, womit ich überhaupt nicht gerechnet hätte: Er lachte. Es klang tief und echt.

Ich spürte, wie sich ein Kribbeln in meinem Bauch ausbreitete.

„Also gut", lenkte er ein, „halten Sie mir den PC frei. Ich habe noch ein paar Dinge zu erledigen und komme dann runter."

„Natürlich, sehr gerne, Mister Sutton."

Als ich mit einem Lächeln auf den Lippen auflegte, beäugte mich Madison misstrauisch. „Was war denn das gerade? Flirtest du etwa mit ihm?"

Ich wünschte wirklich, ich würde mich das trauen. „Nein, es war nichts weiter."

„Deshalb grinst du auch so vor dich hin, seit du rangegangen bist."

Seufzend stieß ich die Luft aus und zuckte mit den Schultern. „Gut, vielleicht hat mir das Gespräch ein bisschen gefallen. Er kommt übrigens gleich herunter." Dabei deutete ich auf den verwaisten Computer. „Er muss nämlich arbeiten."

Und das, obwohl hier eigentlich alle immer nur Urlaub machten.

Madison sah sehr zufrieden aus. „Kennst du diese Cola-Werbung, wo der heiße Typ arbeitet und alle Bürofrauen ihn anschmachten?"

Ich nickte.

„Genau das machen wir dann gleich", verkündete sie und grinste nun mindestens genauso breit wie ich.

Rhys Sutton saß seit mindestens einer Stunde am Computer und arbeitete unermüdlich vor sich hin.

Leider konnte ich den Bildschirm von meinem Platz an der Rezeption aus nicht einsehen und deshalb wusste ich nicht, was er da eigentlich so Wichtiges tat. Doch dafür sah ich sein Gesicht ziemlich gut. Die meiste Zeit lag seine Stirn in Falten. Das war sicher auch der schneckenhaften Internetverbindung geschuldet.

Also, sie war nicht ganz so schlimm wie damals mit den Modems, die immer so gepiept und gedüdelt hatten, als bekämen sie gleich einen elektronischen Herzinfarkt. Allerdings hatte er in London vermutlich irgendeine Highspeed-Glasfaser-Verbindung, die alles, was es in Swanage gab, in den Schatten stellte und der er nun nachtrauerte.

Madison und ich warfen ihm immer wieder verstohlene Blicke zu. Er sah ziemlich heiß aus. Zwar grimmig, aber heiß.

„Ob er ein Model ist?“, grübelte Maddy flüsternd.

„Er sieht eher aus wie jemand, der Firmen zum Frühstück vertilgt“, tuschelte ich zurück.

„Vielleicht ist er Anwalt.“

„Oder Vertreter für Herrenmode oder teure Uhren.“

Madison gluckste. „Du meinst, so wie deine Schwester Kosmetikvertreterin ist?“

„Erinnere mich bloß nicht daran.“

Meine Schwester Cherry konnte sich eine abhängige Beschäftigung unter keinen Umständen vorstellen. Ihr erklärtes Ziel war die Selbständigkeit – und natürlich der Erfolg mit selbiger. Leider war sie an diesem Punkt bisher immer gescheitert. Doch man musste ihr zugutehalten, dass sie ihren Plan, damit reich zu werden, unermüdlich verfolgte. Cherry war wie ein Stehaufmännchen.

Inzwischen hatte sie schon sechs verschiedene Geschäftsideen ausprobiert, die sich alle um den Verkaufsbereich drehten. Dabei variierten allerdings die Produkte. Von namhaften Plastikdosen und Staubsaugern, über Reinigungsmittel, Tiefkühlprodukte und Kinderspielzeug, bis hin zu essbarer Unterwäsche und Vibratoren war alles dabei gewesen. Ich konnte gar nicht verstehen, weshalb sie jedes Mal dabei blieb, Leuten etwas andrehen zu wollen, indem sie zu ihnen nach Hause ging. Inzwischen war sie in ganz Swanage und Umgebung bekannt wie ein bunter Hund.

Als neues Projekt versuchte sie, Make-up der Marke „Princess Me“ an die Frau zu bringen. Stundenlang erzählte sie mir dann etwas über Produktinnovationen. Dabei sah sie völlig begeistert aus, während ich mich selten so gelangweilt hatte. Natürlich benutzte ich auch mal Schminke, aber ich tat es eher dezent und betrieb keinen Kult deswegen.

Da waren die Vibratoren, die sie davor vertrieben hatte, deutlich lustiger gewesen. Allerdings war die Nachfrage in der Gegend einfach nicht bahnbrechend gewesen. Von meinem vierjährigen Nachbarsohn Aaron mal abgesehen, der ausgerechnet das im Dunkeln leuchtende Modell in die Finger bekommen hatte, als ich einmal auf ihn aufgepasst hatte. Plötzlich hatte er damit Lichtschwertkämpfe veranstaltet. Was hatte der kleine Star-Wars-Grünschnabel eigentlich an meinem Nachttisch zu suchen gehabt?

Zum Glück sprang ich nur in Notfällen als Babysitterin ein, denn ich wollte nicht alles penibel verschließen müssen. Und als Single lagen bei mir nun einmal gewisse Männerersatzutensilien herum. Erst recht seit Cherrys letztem Job.

„Er wird doch wohl nicht schwul sein, oder?“, flüsterte Maddy. „Männer, die so auf ihr Äußeres achten ... vielleicht ist er ein schwuler Modedesigner.“

Ich prustete los und obwohl ich mir sofort die Hände vor den Mund klatschte, um mein Lachen zu dämpfen, schaute Mister Sutton von seinem Monitor zu mir auf. Sein Blick war dabei so durchdringend, dass er mir durch Mark und Bein ging.

Entsetzt riss ich die Augen auf und stammelte sogleich: „T... tut mir leid, sie hat mir nur einen Witz erzählt.“

Nicht, dass er am Ende noch annahm, wir würden über ihn lachen. Dabei läge er damit nicht einmal so falsch, obwohl Maddys Bemerkung vollkommener Unsinn war. Erstens sah er nicht wie ein Modezar aus – die waren doch eher bunte Paradiesvögel oder trugen gestreifte Hemden zu karierten Anzügen – und zweitens, was noch wesentlich entscheidender war, wirkte er so wenig schwul, wie es überhaupt nur ging. Da lag etwas in seinem Blick und seinem Verhalten, das mir deutlich sagte, dass er mit Frauen zu flirten verstand. Leider machte er bisher keinen Gebrauch davon.

Zum Glück wurde sein misstrauischer Blick von mir abgelenkt, denn genau in diesem Moment tauchte der Bräutigam auf. Ich hatte ihn und seine Verlobte schon am Vortag kennengelernt und mir ihre Gesichter eingeprägt. Immerhin spielten sie hier in den kommenden Tagen eine tragende Rolle und außerdem merkte ich mir stets die Gäste, die in unsere Suiten eincheckten, um sie besonders höflich zu behandeln.

„Ah, Rhys!“, tönte der Bräutigam, von dem ich wusste, dass er Lance Hall hieß. „Wie ich sehe, hast du den einzigen Arbeitsplatz in ganz Swanage gefunden."

Maddy und ich schauten uns kurz an und zuckten mit den Schultern. Immerhin arbeiteten wir auch.

„Sicher meint er den einzigen Arbeitsplatz für Touristen", flüsterte ich, damit die beiden nicht merkten, dass wir ihnen zuhörten.

Trotzdem warf mir Rhys Sutton in genau diesem Moment einen weiteren Blick zu. Ich schluckte und benetzte meine Lippen. Schnell sah ich auf meinen Monitor, als müsste ich dort die Buchung meines Lebens vornehmen. Erst nach ein paar Sekunden traute ich mich wieder, zu ihm zu spicken.

„Lance", grüßte er den anderen und erhob sich von seinem Stuhl. Er schob seine Hände in die Taschen und nickte. Erst etwas verschlossen, doch dann formte sich ein Lächeln auf seinen Lippen. Nur so ein halbes, aber es erreichte seine Augen. „Da hast du mich wohl erwischt."

„Also, deine Workaholic-Gene habe ich zum Glück nicht geerbt", verkündete der Bräutigam.

Gene? Geerbt? In meinem Schädel ratterten die Rädchen. Die beiden hatten doch gar nicht denselben Nachnamen. Und mit Ähnlichkeiten war es auch nicht weit her. Rhys Sutton war groß, schlank und besaß ein ebenmäßiges Gesicht. Ein bisschen sah er aus wie ein blonder Ryan Reynolds.

Lance Hall hingegen war einen halben Kopf kleiner, dunkelhaarig, leicht untersetzt und wirkte vom Wesen sehr heiter. Er behauptete: „Diesen Arbeitsdrang musst du von deinem Vater haben. Meiner war ein anständiger Kerl."

Rhys Suttons Lächeln wuchs sich nun über beide Seiten seines Gesichts aus. „Arbeiten ist nicht unanständig."

„Ja, erzähle das unserer Mom. Sie hat sich nicht umsonst von deinem Workaholic-Dad getrennt und meinen geheiratet." Schadenfroh grinste er Rhys an.

Aha! So war also die Familienkonstruktion gelagert. Ich wäre niemals darauf gekommen, dass die beiden verwandt sein könnten.

„Für einen jüngeren Bruder bist du ganz schön frech."

Lance zuckte mit den Schultern. „Na ja, Halbbruder. Und ich bin deutlich besser weggekommen als du ..."

„Wenn du meinst", unterbrach ihn Rhys. Er klang nicht sehr überzeugt. Optisch konnte ich ihm da nur zustimmen.

„Schau doch bloß, wer von uns beiden nun hier heiratet", prahlte der Bräutigam.

„Eindeutig du", gab Rhys zurück. „Ich hätte mir dafür ein elegantes Hotel in London ausgesucht."

Mein Herz legte einen Zahn zu. Dann stand er dem Heiraten gar nicht ablehnend gegenüber? Sofort musste ich an mein Wunschkleid denken und meine Fantasie pinselte mir Rhys Sutton vor den Altar, auf den ich zuschreiten wollte.

„Ach, komm schon, Mann. Das kannst du unmöglich ernst meinen. Kühle Eleganz zur Hochzeit! Schau dir das *Old Beauty* doch mal an. Dieses Ambiente ... Es ist perfekt."

Zufrieden stupste Madison mir den Ellbogen in die Seite, weil unser Arbeitsplatz gerade gewürdigt wurde.

„Sicher liegt es auch daran, dass du Helen hier kennengelernt hast."

Lance nickte. „Siehst du, ich habe eine Frau. Du hast bloß die Arbeit in der Firma deines Vaters. Und wohin hat ihn sein Ehrgeiz gebracht? Er ist geschieden."

Rhys hob abwehrend die Hände. „Ich habe nur schnell noch was erledigt. Das hat keine fünf Minuten gedauert …"

„Seine Uhr muss wohl kaputt sein", gluckste Maddy leise.

„Eine Stunde hier in dieser Welt sind vermutlich nur fünf Minuten auf seinem Businessplaneten", wiegelte ich ab und verkniff mir ein Grinsen.

„Für den Rest des Urlaubs lasse ich die Arbeit sein", versprach Rhys. „Ich habe vorhin bloß nicht mehr alles geschafft."

„Dann fang doch mal damit an, dich wie ein Urlauber anzuziehen. Ich will dich erst zur Hochzeit wieder in einem Anzug sehen", beschied Lance und klopfte ihm auf die Schulter.

„Also, verstehe ich das richtig?", murmelte Maddy. „Lance Hall heiratet hier bloß und flittert danach woanders. Reserviert hat er jedenfalls nur für das Wochenende. Aber dafür bleibt dieser Rhys Sutton noch eine Woche länger?"

„Es scheint so."

Was auch immer dazu geführt haben mochte …

Ich konnte nicht gerade behaupten, dass es mich störte, dass ausgerechnet er länger hier sein würde. Meinetwegen durfte er für immer bleiben. Und ich war sehr gespannt darauf, die Urlaubsversion von Rhys Sutton zu Gesicht zu bekommen.

ꟿ 3 ꟿ

„Trink noch einen, wir haben Feierabend!“, ermunterte mich Maddy und schob mir einen weiteren Cocktail über den Tisch zu. Es standen noch vier andere darauf. Wir hatten die Happy Hour voll ausgenutzt. Neben unseren Lieblingsdrinks hatten wir auch welche bestellt, die wir neu ausprobieren wollten.

„Bloß, dass du morgen frei hast, während ich wieder arbeiten muss“, erinnerte ich sie.

„Ja, aber erst abends. Du kannst dich den ganzen Tag auskatern.“

Ich grinste und nahm den *Devil's Shake* zur Hand. Gemütlich sank ich in meinem Sitz zurück, genoss das gedämpfte Licht der Bar und versuchte, meine Müdigkeit auszublenden. „Weißt du noch früher, als wir im Hotel angefangen haben? Da gab es keine Nachtschichten. Die Rezeption schloss um zweiundzwanzig Uhr und machte erst am nächsten Morgen um sechs Uhr wieder auf.“

Maddy nickte und prostete mir zu. „Yep, das waren schöne Zeiten. Aber dann ging das mit diesen Vierundzwanzig-Stunden-Rezeptionen los. Völliger Blödsinn. Meistens passiert nachts überhaupt nichts. Wir sind doch hier nicht in London oder New York."

„Genau, wir haben Hühner, mit denen wir ins Bett gehen." Ich nippte an meinem Getränk.

Maddy gackerte los, als wäre sie selbst so ein Huhn. „So wie du das sagst, klingt es, als wenn wir hier was mit unserem Geflügel am Laufen hätten." Sie plakatierte eine unsichtbare Schlagzeile in die Luft: „Willkommen in der Hühnerschänderstadt Swanage."

Ich nahm noch einen Schluck von meinem Teufelszeug und spürte, wie es sich meine Kehle hinab brannte. Das mit dem *Devil* im Namen war nicht übertrieben. Der Alkohol kribbelte warm durch meine Adern und so langsam schien mein Gehirn luftige Höhen anzusteuern. „Nur weil wir jetzt auch nachts an der Rezeption sitzen, wird sich nichts dran ändern, dass man in Swanage nach Ladenschluss die Bürgersteige hochklappt."

Maddy kicherte. „Dieser Rhys Sutton sah so herrlich schockiert aus, als er merkte, was das hier für ein Kaff ist."

„Badeort", korrigierte ich sie. Dann gluckste ich ebenfalls und ahmte ihn nach: *„Der Boden in meinem Zimmer ist schief."*

Sie klatschte die Hand auf den Tisch. „Haha, und du bist ihm mit dem Statiker gekommen."

Wir stießen unsere Gläser aneinander, aber nur bei Maddys Cocktail schwappte etwas über, weil meiner schon halb leer war.

„Der Kerl ist mega heiß", behauptete ich und spürte,

dass mir meine Zunge nicht mehr so ganz gehorchen wollte. „Meine Knie sind total wabblig geworden."

„Du meinst *weich*."

„Wenn der einen ansieht ...", schwärmte ich und nahm einen weiteren Schluck. „Wahnsinn! Seine Augen sind dermaßen blau."

„Dich sieht er wenigstens an. Mich hat er nicht mal beachtet. Ich glaube, er steht auf Brünette."

Ich strich über meine langen, braunen Haare, die ich nun nach Dienstschluss offen trug. Für den Abend war ich in ein Glitzertop und Röhrenjeans geschlüpft. Eigentlich waren diese Hosen nicht dafür gemacht, etwas Trinken zu gehen, denn mit eingeschränkter Motorik kam man verdammt schwer wieder heraus.

„Hast du ihn vorhin in seiner Touristenaufmachung gesehen? Sogar ohne Anzug wirkt der noch unnahbar."

„Er hat nen Stock in seinem heißen Arsch."

„Wie ist der da bloß reingekommen?", grübelte ich.

Maddy sah mich an, als wäre ich bescheuert. Und außerdem, als würde sie mir gleich meinen Cocktail wegnehmen wollen. Ich klammerte mich beschützend an ihn.

„Nein, ich meine, wie ist so ein heißer Typ nur so steif geworden? So ... so ... beherrscht. Sein Halbbruder ist doch ein lieber Kerl von nebenan."

Meine Freundin nickte. „Das sind die unterschiedlichen Gene. Ich wette, er macht in Fusion und Akquisition." Sie hatte es noch immer nicht aufgegeben, seinen Beruf erraten zu wollen.

„Mit mir dürfte er gerne mal fusionieren", seufzte ich.

„Erzähl ihm bloß nichts von deinen Hochzeitsplänen. Damit verschreckst du Männer gleich. Das hat einen

Vogelscheuchen-Effekt auf sie."

Verdrossen leerte ich mein Getränk. „Das ist total gemein. Nächsten Monat werde ich schon dreißig. Mann, dann steht eine Drei vornedran! Ich werde scheißalt und habe keinen Kerl. Das ist Mist."

Es war ja nicht so, dass ich beim Anblick von Friedhöfen bereits zusammenzuckte, aber trotzdem ... Ich hatte irgendwie nichts vorzuweisen. Zumindest nichts von dem, was ich gerne haben wollte. Was hatte sich schon groß geändert, seit ich zwanzig geworden war? Ich steckte in meinem Leben fest.

„Und das klingt nach einer verzweifelten Betrunkenen", attestierte Madison. „Du kommst schon nicht gleich ins Altersheim."

Ich rümpfte die Nase und nahm mir ein neues Getränk. Immerhin hatte ich bis zum nächsten Abend Zeit, um wieder nüchtern zu werden. „Andere Weiber sehen aus wie Flusspferde oder Schleiereulen und sind trotzdem verheiratet und haben Kinder. Wieso klappt das bei mir nicht?"

Madison zuckte mit den Schultern. „Na, weil du eben nicht jeden nimmst. Ansonsten hättest du längst einen Mann. Aber du willst die Königsklasse." Sie zeigte mit dem Finger nach oben. „So einen wie Rhys Sutton. Vielleicht ist er Architekt."

Ich rollte mit den Augen, parkte meinen Ellbogen auf dem Tisch und stützte mein Kinn auf der Hand auf. „Ist doch egal, was er macht. Er macht es leider nicht mit mir."

„Das wird er auch nicht, weil du nur mit mir so offen quatschst. Aber in seiner Gegenwart bist du scheu wie ein Reh." Sie räusperte sich und setzte einen höheren

Tonfall auf: „*Tut mir leid, Mister Sutton ... Bitte, hier, Mister Sutton ... Da haben Sie schon recht, Mister Sutton.*“

„Er heißt doch auch so“, verteidigte ich mich.

„Hör mal, wenn er nicht auf *Shades of Grey* und seine private, devote Dienerin steht, dann macht ihn das nicht an. Ihr seid beide total förmlich. Popcorn in der Mikrowelle bei Auftaustufe knistert mehr.“

Ich musste daran denken, wie mich dieser Stromschlag getroffen hatte, als sich unsere Hände berührt hatten. Okay, daran waren vermutlich nur irgendwelche dicken Gummisohlen schuld gewesen und nicht die Chemie unserer Körper, die aufeinander reagiert hatten, aber ich war trotzdem total überwältigt gewesen.

Frustriert stieß ich die Luft aus. „Ich will keinen devoten Kram. Aber er ist ein Hotelgast. Ich kann ihn doch nicht wie wild an meinem Arbeitsplatz anbaggern.“

Ich trank von meinem neuen Cocktail, der es nicht mit dem Rumgehalt seines Vorgängers aufnehmen konnte. Allerdings war das auch gar nicht mehr nötig, weil ich mich schon ziemlich beduselt fühlte.

„Als ob du ihn in deiner Freizeit angraben würdest! Du hast dermaßen gestammelt, als du ihn den Datenbogen hast ausfüllen lassen. Und dann hast du ihn nur noch angestarrt, statt ihn nach der Zahlungsart zu fragen. Er musste dir auf die Sprünge helfen.“

„Das war doch nur, weil er mich so angesehen hat.“

Madison schüttelte den Kopf und setzte ein diebisches Lächeln auf. „Ich bin dafür, dass ich ihn bekomme, weil du dich eh nicht traust, ihn anzuflirten.“

„Hey!“, beschwerte ich mich und hickste.

„Du willst ihn, aber du wagst es garantiert nicht. Also

mach ich lieber was draus.“ Sie grinste mich herausfordernd an.

Mein Herz begann zu rasen, weil ich nicht wollte, dass sie ihn mir wegschnappte. Er war doch mein Wunschkandidat.

„Klar, traue ich mich.“

Oder?

Ich rieb mir mit der Hand über die Stirn und blinzelte unentschlossen.

Madison schüttelte bloß den Kopf, als wäre bei mir Hopfen und Malz verloren. „Sei doch mal spontan.“

„Ich bin doch spontan“, behauptete ich.

So schwer konnte das nicht sein.

„*Ich-mache-nichts-was-ich-nicht-kenne* ist keine andere Bezeichnung für *spontan*.“ Maddy schien sich prächtig über mich zu amüsieren.

So war ich doch gar nicht. Also, nicht tief in mir drin. Nach außen hin vielleicht gelegentlich schon.

Ich nahm noch einen kräftigen Schluck und nickte. Genau, ich war jetzt spontan.

Entschlossen reckte ich das Kinn vor ... und überlegte.

Dann runzelte ich die Stirn. „Was soll ich denn bitte tun?“

Maddy verdrehte die Augen. „Mach diesen Rhys Sutton einfach an. Flirte mit ihm. Ewig ist so einer garantiert nicht auf dem Markt.“

Ich nickte, aber alles begann, sich vor meinen Augen zu drehen. Also stellte ich das Wippen ein.

Nach einer Weile merkte ich, dass meine Freundin mich erwartungsvoll ansah.

„Was denn? Etwa jetzt?“, krächzte ich.

So ganz nüchtern konnte Maddy auch nicht mehr sein,

wenn sie das glaubte.

„Oh, Himmel, Angel. Er ist nur ein paar Tage in der Stadt. Ruf ihn an! Du kennst doch seine Nummer."

Stimmt. Das war nicht schwer. Die Telefonnummer vom Hotel plus die Zimmernummer als Durchwahl.

Ich kramte mein Handy aus der Tasche und legte es wie einen Wetteinsatz auf den Tisch. Für ein paar Sekunden starrte ich es einfach nur an. Nervös strich ich meine Handflächen an den Hosenbeinen trocken. Himmel, ich schwitzte wie verrückt bei der Vorstellung, ihn anzumachen.

„Los, du hast Feierabend. Jetzt darfst du mit ihm flirten", ermunterte mich Madison.

Zweifelnd kratzte ich mein Ohr.

Sie seufzte und nickte. „Ich wusste, dass du es nicht durchziehen würdest."

Ach, verdammt. Das wollte ich so auch nicht auf mir sitzen lassen. Außerdem wurde ich bald dreißig. Da stand man mit einem Fuß quasi schon im Sarg und obendrein tickte meine biologische Uhr.

Bevor ich es mir anders überlegen konnte, tippte ich seine Nummer ein und drückte die Verbindungstaste.

„Oh, mein Gott!", quiekte Maddy. „Los, schalte auf Freisprechen, ich will mithören."

Dabei drückte sie schon selbst auf die Taste.

Wir hörten es bimmeln und dann meldete sich eine rau klingende Stimme. „Sutton."

Ach, du dickes Kanonenrohr. Er war wirklich dran!

„Ähm ...", stammelte ich.

„Nicht stammeln", zischte Maddy.

„Hallo?", wollte Rhys wissen.

„Ähm ..." Ich sollte ja eigentlich möglichst heiß

klingen, wenn ich mit ihm flirten wollte, statt wie ein debiler Roboter. Allerdings war ich dermaßen aus der Übung, dass ich keine Ahnung mehr hatte, wie das genau ging. Obendrein fühlte sich mein Hirn an, als wäre es von ein paar Wolkenelfen in Watte gepackt worden.

Blackout.

Total.

„Ja, hallo?“, knurrte er ungeduldig. „Wenn das ein Scherz sein soll ...“

„Ich finde dich heiß“, fiel ich ihm ins Wort und ließ meine Stimme möglichst sinnlich klingen.

Madison verschluckte sich fast an ihrem Drink.

Erst war es still am anderen Ende der Leitung. Doch dann erklärte er: „Ich glaube, du hast dich verwählt.“

Oh, nein, so schnell wollte ich die Flinte nicht ins Korn werfen, wenn ich schon mal spontan war.

„Nein, ich meine genau dich, Rhys.“

Maddy schlug sich die Hände vor den Mund und gluckste.

„Wer ist denn da, bitte?“ Er klang reichlich irritiert.

Hm, es machte Spaß, ihm ganz direkt zu sagen, was ich von ihm hielt. Und in meiner Anonymität fühlte ich mich verwegen. Langsam kam ich in Fahrt. „Ich steh total auf dich.“

Madisons Lachen war überhaupt nicht hilfreich.

„Worauf genau stehst du denn?“

Ähm ...

„Worauf stehe ich bei ihm?“, zischte ich meiner Freundin zu.

Die lachte bloß noch mehr.

„Deine Augen“, befand ich und erinnerte mich an seinen Blick auf mir. „Sie sind wie schmelzendes

Gletschereis.“

„Bitte *was*?“, fragte er perplex.

„Wenn du mich ansiehst, dann ...“

„Dann was?“

„Los, werde endlich unanständig“, feuerte Madison mich an.

Unanständig?

Das Wort geisterte durch meinen umwölkten Kopf.

Na, okay. Wenn sie meinte.

„Ich will deine Brust ablecken“, nannte ich das Erstbeste, was mir einfiel.

Madison quiekte und rutschte dabei im Stuhl zurück. Sie kippte fast nach hinten und hielt sich gerade noch an der Tischkante fest. Ihr Cocktailglas wackelte, fiel aber zum Glück nicht um.

„Oh, mein Gott, Angel!“, gackerte sie. „Ich fall’ hier gleich vom Stuhl.“

„Psst!“, zischte ich. „Du darfst doch meinen Namen nicht sagen.“

„Wer ist Angel?“, wunderte sich Rhys.

Ups.

Schnell trennte ich die Verbindung und starrte mein Handy fassungslos an.

„Ich kann nicht glauben, dass du das getan hast.“ Maddy lachte immer lauter. *„Ich will deine Brust ablecken*“, krähte sie und vollführte Schleckbewegungen in der Luft.

Ich zog das Schirmchen aus meinem Cocktailglas und bewarf sie damit. „Du hast doch gesagt, ich soll was Unanständiges sagen.“

„Ernsthaft – und da fällt dir *das* ein?“

Ich schlug mir die Hände vors Gesicht und rieb meine

Schläfen. Irgendwie kam mir die Idee mit dem Anruf doch nicht mehr so gut vor.

„Boah, zum Glück kennt er mich nicht“, stöhnte ich erleichtert.

Im selben Moment begann mein Handy zu bimmeln und die Nummer darauf kam mir verdammt bekannt vor.

„So ein Mist“, kreischte ich und stupste das Handy von mir weg, als wäre es ansteckend und giftig. „Das ist er!“

Maddy schaute mich ungläubig an. „Hast du deine Rufnummer denn nicht unterdrückt?“

Oh je. Immer diese blöde Technik.

„Mensch, ich kenne mich damit einfach nicht aus“, verteidigte ich mich.

„Aber die Telefone unserer Suiten haben eine Nummernanzeige.“

Mein Handy klingelte immer weiter und vibrierte auf dem Tisch.

„Ja, danke. Das weiß ich jetzt auch.“

Plötzlich wurden Maddys Augen riesengroß. „Schnell, geh ran!“

„Was? Wieso denn? Auf keinen Fall.“ Ich verschränkte die Arme vor der Brust und schüttelte meinen dröhnenden Kopf.

„Weil sonst deine Mailbox anspringt!“

Die Worte meiner Bandansage schossen mir durch den Kopf: *„Hier ist leider nur die Mailbox von Angelina Watson. Ich bin gerade nicht erreichbar, aber ...“*

Oh, nein!

Panisch griff ich nach meinem Telefon, um zu verhindern, dass Rhys Sutton meine Identität erfuhr, denn unser „Flirt“ war mehr als schlecht gelaufen.

Ich wollte bloß abnehmen und gleich wieder auflegen. Danach würde ich unverzüglich meine Mailbox neu besprechen – ohne Namen.

Aber das Handy rutschte mir aus den schwitzigen Fingern, schlitterte über den Tisch und fiel klappernd auf den Boden. Sofort stürzte ich ihm hinterher. Dabei schlug ich mir den Kopf an der Tischplatte an, weil meine Motorik fand, dass drei Cocktails – einer davon mit starkem Rum – einfach zu viel des Guten gewesen wären.

Bis ich endlich das Handy ergattern konnte, hatte es längst aufgehört zu klingeln.

Oh, oh.

꧁ 4 ꧂

Ich bin gestorben und in der Hölle.

Ganz klar.

Stöhnend rieb ich mir meinen Brummschädel.

Das Telefon zeigte einen verpassten Anruf an. Sicher kannte Rhys nun meinen Namen. So viel Glück, dass er vorzeitig aufgelegt hatte, besaß ich bestimmt nicht. Trotzdem besprach ich zur Sicherheit meine Mailbox neu.

Eine Nachricht hatte er mir jedenfalls nicht hinterlassen. Aber die große Preisfrage lautete doch, wie viel von meiner ursprünglichen Textansage er sich angehört hatte. Hoffentlich stellte er keine Verbindung zu mir her. Wie sollte ich nur die nächsten Tage an der Rezeption überleben?

„Ich muss mich krankmelden“, jammerte ich. „Wegen tiefem Schamgefühl.“

Maddy grunzte. „Dafür gibt dir niemand frei.“

Mutlos ließ ich meinen Kopf vornüber auf den Tisch

sinken. Die Platte drückte gegen meine Stirn. Jetzt hatte ich ein Brett vor dem Kopf.

Madison streichelte mir über den Rücken. „So schlimm wird es schon nicht werden."

„Wird es nicht?", echote ich. „Du hast doch mitgehört."

„Selbst wenn er deinen Namen jetzt kennen sollte, du weißt doch wie Gäste sind: Sie merken sich nie, wie die Mitarbeiter in Hotels heißen."

Ein kleiner Hoffnungsschimmer glomm am Horizont auf. „Hoffentlich hast du recht."

„Ganz bestimmt." Dann grinste sie. „Schade, dass ich morgen frei habe und nicht dabei bin, um deinen großen Moment der Gegenüberstellung mitzuerleben. Erkennt er dich oder nicht?"

Panisch starrte ich sie an. „Eben hast du doch noch gesagt ..."

„Ja, ich weiß", unterbrach sie mich. „Aber irgendwie ist es schon spannend."

Ich krallte die Nägel in die Tischplatte. „Nein, ist es nicht. Es ist eine Katastrophe! Er wird mich erkennen, sich beschweren und dann wird man mich rauswerfen. Am Ende werde ich mich selbständig machen müssen – so wie meine Schwester Cherry. Und dann verkaufe ich den Rest meines Lebens Stützstrümpfe an Rentnerinnen."

Maddy verkniff sich das Grinsen. „So weit wird es nicht kommen."

„Ich lasse mich nie wieder zu Anrufen anstiften", nahm ich mir vor.

Sie nickte verständnisvoll. „Ist vielleicht besser so. Ich hatte ja keine Ahnung, dass du andere Sätze als *‚Hier ist ihre Zimmerkarte‘* oder *‚Da haben Sie recht, Mister*

Sutton' nicht beherrschst."

„Hey!"

Empört wollte ich sie mit einem weiteren Cocktailschirmchen bewerfen, aber ihr spitzbübisches Lächeln nahm mir den Wind aus den Segeln.

„Du hast eine seltsame Art, einen aufzumuntern."

„Komm, lass uns austrinken. Schlimmer kann es nicht mehr werden."

Ach, wieso auch nicht? Mit viel Glück würde ich mich dann morgen an nichts mehr erinnern können.

Als ich erwachte, lag ich neben meinem Bett am Boden und hatte die Hosen halb heruntergezogen an meinen Beinen hängen. Außerdem war meine Wange nass, weil mir ein Speichelfaden aus dem Mund gelaufen war. Eklig. Ich wischte ihn weg und verfluchte den pelzigen Geschmack auf meiner Zunge.

Dumpf erinnerte ich mich daran, dass ich mich aus meinen engen Röhrenjeans hatte pellen wollen und dabei der Länge nach hingefallen war. Leider nicht auf das Bett, sondern daneben. Offensichtlich war ich dann einfach liegengeblieben und eingeschlafen.

Wieso nannte man Alkohol eigentlich Zielwasser, wenn man danach nichts mehr traf?

Nun fühlte ich mich völlig gerädert und mein Kopf tat weh, als hätte ihn ein Schlagzeuger zwischen seine Percussion gehalten und dann die ganze Nacht darauf herumgetrommelt. Mühsam kämpfte ich mich aus meiner Jeans, kroch zum Klo und stand anschließend eine halbe Stunde unter der Dusche, ohne wirklich munter zu werden.

Aber gerade, als ich mich mit meinem

Lieblingsduschgel einseifte, fiel mir mit Entsetzen ein, dass ich ein äußerst peinliches Telefonat mit Rhys Sutton geführt hatte.

Oh, nein.

Bitte, lass das einen Albtraum gewesen sein!

Ich brauste mich ab, wickelte mich in ein Handtuch und tapste auf nassen Sohlen zu meinem Handy. Und da stand er – der verpasste Anruf von ihm.

Ich drückte mir das Telefon an die Stirn und sank aufs Bett. „Ich will nicht arbeiten gehen."

Gedanklich überflog ich meinen ausstehenden Jahresurlaub und überlegte, ob ich mir bis zu seiner Abreise einfach freinehmen könnte, aber dafür würde mein Urlaubsgesuch viel zu kurzfristig eingehen. Die Dienstpläne waren längst geschrieben.

Nein, ich würde mich meinen Dämonen im Hotel stellen müssen. Ob ich wollte oder nicht.

Um mich für die Arbeit nachher ein bisschen auf Vordermann zu bringen, schluckte ich ein paar Schmerztabletten. Vielleicht würde dies mein letzter Tag sein. Dann wollte ich ihn möglichst würdevoll überstehen.

So oder so nahm ich mir vor, nie wieder zu trinken.

Na ja ... also, jedenfalls keinen *Devil's Shake*.

Als mein Telefon klingelte, wähnte ich schon wieder Rhys Suttons Nummer auf dem Display, doch es war zum Glück nur meine Mutter.

„Hey", grüßte ich sie etwas matt.

„Alles okay, Schatz? Du hörst dich nicht gut an."

„Ach, ich bin nur aus dem Bett gefallen", spielte ich es herunter.

„Oh je", seufzte sie. „Hast du dir was getan?"

„Nein, halb so wild.“ Ich wollte ihr nun nicht die ganze peinliche Geschichte erzählen.

Ihre Stimme klang liebevoll, als sie sagte: „Ich erinnere mich daran, dass du schon als Kind immer eine Wühlmaus warst, wenn du schlafen solltest. Wir mussten dir eine Matratze neben dein Bett legen, damit du weich fällst, wenn du wieder rausgerollt bist.“

Wieso hatte da gestern keine Matratze mehr gelegen? Dann würde mir jetzt nicht jeder Knochen wehtun.

„Das brauche ich wohl immer noch.“

„Wenigstens brütest du nichts aus. Cherry hat schon wieder eine Erkältung.“

Die hätte ich gerade auch viel lieber. Schade, dass man bestimmte Lebenssituationen nicht tauschen konnte wie Karten. Aber andererseits: Wer würde schon mit mir tauschen?

„Das ist, weil sie zu viel arbeitet. Sie braucht mal eine Pause.“

„Sag ihr das“, bat sie mich. „Auf dich hört sie vielleicht.“

Ich nickte, auch wenn ich bezweifelte, dass das allzu viel bringen würde. Cherry wollte nun einmal erfolgreich werden und ließ sich nicht bremsen. In dem Punkt war sie genauso ein Workaholic wie Rhys Sutton.

„Du kommst aber morgen Abend zum Essen, oder?“, erkundigte Mom sich. „Cherry wird schon nicht können.“

„Klar“, versprach ich.

Seit dem Tod meines Vaters vor drei Jahren lebte Mom alleine. Cherry und ich wohnten zwar auch in Swanage, aber trotzdem führten wir getrennte Leben. Mindestens einmal in der Woche trafen wir uns deshalb und aßen zusammen oder sahen fern, weil die Familie nun einmal das Wichtigste auf der Welt war.

Meine Eltern hatten eine wundervolle Ehe geführt. Bis zum letzten Tag. Bis dass der Tod sie geschieden hatte. Es war traurig, dass es nun vorbei war, aber das Glück, das sie geteilt hatten, wollte ich für mich selbst unbedingt auch. Wenigstens waren sie sich jung begegnet und hatten dadurch länger etwas voneinander gehabt.

Umso mehr musste sich meine Mutter aber nun alleine fühlen, weil sie ein Leben ohne ihn kaum gekannt hatte. Manchmal, wenn ich sie überraschend besuchte, entdeckte ich, dass ein zweiter Teller gedeckt war. Nicht für mich. Sondern für ihn, weil er im Geist immer bei ihr war. Und wann immer man nachts an ihrer Wohnung vorbei lief, brannte eine Kerze im Fenster, die zum Meer hinaus zeigte. Sie brannte für ihn. Nie vergaß sie, diese anzuzünden.

Sich Romantik bei den eigenen Eltern vorzustellen, war für viele Menschen schwierig. Aber nicht für mich.

„Ich komme ganz bestimmt. Und nach dem Essen können wir noch einen Film schauen." Morgen Abend läge meine Nachtschicht im Hotel bereits hinter mir. Entweder wäre ich dann sehr erleichtert, weil alles noch mal gut gegangen war. Dann wäre der Abend bei meiner Mutter wie eine kleine Feier, dass ich es überstanden hatte. Oder ich wäre arbeitslos und hätte erst recht Zeit zum Fernsehen.

Als ich auflegte, sah ich, dass ich einen weiteren Anruf von Rhys Sutton verpasst hatte.

Teufel auch, der gab nicht auf! Aber ich würde sicher nicht ans Telefon gehen.

Auf dem Weg zur Arbeit kam ich wie immer am *White Shades* vorbei und betrachtete meinen Traum von einem Hochzeitskleid im Schaufenster. Madisons Mom führte Brautkleider in allen Variationen von Weißtönen. Andere Farben kamen ihr nicht ins Haus. Sie hielt nichts von neumodischen bunten Kleidern oder markanten Applikationen wie etwa schwarzen Schleifen. Für sie musste eine Braut klassisch weiß sein. Elfenbein war das höchste der Gefühle.

Ihr Geschäft war bereits geschlossen, sonst hätte ich gerne noch einen Moment mit ihr geplaudert. Ein Moment, der mir Aufschub gewährt hätte.

Als ich weiterlief, wurden meine Schritte zum Hotel immer schwerer. In mir wuchs der Drang, einfach kehrtzumachen und wegzulaufen. Was hatte ich gestern nur angerichtet?

Schweren Herzens betrat ich das *Old Beauty* und fühlte mich selbst ganz alt. Dabei war nicht einmal der Kater, den ich hatte, das Problem. Hoffentlich würde ich Rhys Sutton nicht sehen. So heiß er auch war, aber plötzlich war ich gar nicht mehr darauf erpicht, ihm zu begegnen.

Ich löste meine Kollegin Tracy an der Rezeption ab.

„Na, alles ruhig?“, fragte ich sie.

Nachts war der Empfang immer nur mit einem von uns besetzt. Gar keiner hätte auch gereicht, aber an dem Unsinn von Vierundzwanzig-Stunden-Rezeptionen ließ sich eh nicht mehr rütteln. Es war zweiundzwanzig Uhr und normalerweise hatten sich die meisten Gäste um diese Zeit bereits auf ihre Zimmer zurückgezogen.

„Vorhin ist die Braut mit ihren Freundinnen zum Junggesellinnenabschied losgezogen. Sie haben die

Ärmste ganz schön verkleidet und ihr einen Bauchladen umgehängt. Ich habe mir ein paar Plüschhandschellen bei ihr gekauft", erklärte sie glucksend. „Schau hier."

Sie fischte die Dinger aus ihrer Tasche und ließ sie von einem Finger herabbaumeln. Sie hatten einen rosa Gepardenprint.

Obwohl ich wegen Rhys total angespannt war, musste ich lachen. „*Die* hast du ihr abgekauft?"

Tracy zuckte die Schultern. „Wieso nicht? Sie stand mit diesem Bauchladen vor mir. Das Teil war ausgestattet, als hätte es deine Schwester Cherry bei ihrem letzten Job befüllt. Du weißt schon, als sie noch Vibratoren verkauft hat."

Ja, auch Tracy kannte meine Schwester. Es war deutlich schwerer, jemanden zu finden, der sie nicht kannte. Selbst unser ehemaliger Schuldirektor war bestens mit Cherrys beruflichen Aktivitäten vertraut. So weit ich wusste, hatte seine Frau bereits Plastikdosen und Reinigungsmittel bei ihr gekauft.

„Himmel, wer braucht denn so was?", wunderte ich mich.

Tracy schaute mich an, als wäre ich von gestern. „Also, wenn du mich das fragst, scheinst *du* sie zu brauchen. Hier, ich schenke sie dir." Sie hielt mir die Handschellen hin.

Zum Glück war gerade kein Gast in der Lobby.

„Nein, ich habe überhaupt keine Verwendung dafür."

Außerdem besaß ich ja noch eine kleine Auswahl an Vibratoren von Cherry. Und keiner von denen musste gefesselt werden.

„Quatsch, das ist lustig. Probier sie mal aus." Tracy drückte sie mir einfach in die Hand und verabschiedete sich in ihren Feierabend.

Erst als sie schon gegangen war, fiel mir ein, dass ich sie gar nicht danach gefragt hatte, ob der Bräutigam auch gerade seinen Junggesellenabschied feierte. Denn in dem Fall stieg das Risiko, dass mir Rhys Sutton doch noch über den Weg lief.

Seufzend legte ich die Handschellen neben dem Computer ab und steckte mir mein Namensschild an die schwarze Bluse. Ich hatte mir eine besonders langweilige Hochsteckfrisur gemacht und setzte mir sogar meine Lesebrille auf. Ich wollte so bieder wie möglich wirken, damit Rhys mich niemals mit der obszönen Anruferin in Verbindung brächte.

Die Zeit tickte dahin und es passierte rein gar nichts.

Irgendwann um zwei Uhr torkelte eine äußerst angeheiterte Gruppe von Frauen zurück in die Lobby. Es war die Braut mit ihren Freundinnen. Ihr Bauchladen war leer, die Tiara saß schief auf ihrem Kopf und bei eigentlich allen war die Wimperntusche verschmiert. Ich hatte keine Ahnung, ob sie kollektiv Tränen gelacht hatten oder verschwitzt vom Tanzen waren. Sie sahen aus wie eine Horde Waschbären.

Keine von ihnen beachtete mich, weil sie schnurstracks zu den Fahrstühlen abzogen.

Wie gesagt, mein Job war nachts so sinnvoll wie ein Tiefkühlschrank am Nordpol.

Fast wähnte ich mich schon in Sicherheit. Nur noch eine Stunde, bis ich Feierabend hätte. Und dann wäre ein weiterer Tag überstanden.

Doch dann bewegte sich die Drehtür ein weiteres Mal und hindurch kam ausgerechnet Rhys Sutton.

ꕤ 5 ꕤ

Rhys befand sich in Begleitung des Bräutigams und einiger anderer Männer. Einer von ihnen schien ziemlich betrunken zu sein und wurde von zwei Leuten gestützt. Wenigstens hatte ich es gestern noch alleine nach Hause geschafft, auch wenn mir ab und zu mal ein Laternenpfahl zur Verschnaufpause gedient hatte.

Ich betete, dass Rhys einfach an mir vorbei lief. Dass er gar keine Notiz von mir nahm und zu sehr durch die anderen abgelenkt war. Und für den Moment sah es auch danach aus. Er hatte die Fahrstühle im Visier. Einer der Männer erzählte einen Witz und die anderen lachten. Sogar Rhys war fröhlich und entspannt.

Er war schon fast vorbeigegangen. Aber dann schaute er spontan zur Rezeption und sein Blick blieb an mir hängen. Ich sah, wie er seine Schritte verlangsamte. Als ob er über etwas nachzudenken schien.

Am liebsten hätte ich mich unter dem Tisch versteckt, doch das würde nun auch nichts mehr nutzen. Also klammerte ich mich an dem Board fest, auf dem die beiden Computer für unsere Gästebuchungen standen, und versuchte, mir nichts anmerken zu lassen.

Geh einfach weiter!

Ich zwang mich, ihn möglichst unverbindlich anzulächeln – so, wie das eine Empfangsdame eben tun würde. Ganz gewiss nicht flirtend. Ich gab mich distanziert und ich sah aus wie eine Schulamtsleiterin.

Aber statt einfach weiterzulaufen, kam er geradewegs auf mich zu und trat an die Rezeption heran. Die Gruppe zog davon und es wurde still um uns herum. Rhys stand bloß einen Meter von mir entfernt.

Mein Augenlid zuckte vor Nervosität und eine Armee von Ameisen stürmte durch meine Nervenbahnen. Mir war schlecht.

„Hallo“, grüßte er mich.

„Guten Abend“, probierte ich es auf die förmliche Tour.

Er würde mich doch nicht hier und jetzt bloßstellen, oder?

Mechanisch lächelte ich weiter. Eigentlich hätte ich das Gefühl haben sollen, meinem beruflichen Untergang ins Auge zu sehen, aber oh, er sah so verdammt gut aus. Diesmal trug er kein Jackett, sondern nur ein elegantes Hemd, dessen Ärmel er aufgekrempelt hatte. Die obersten zwei Knöpfe standen offen. Ein leichter Schweißfilm glänzte an seiner Kehle. Das war so was von sexy.

Er starrte auf mein Namensschild, auf dem zum Glück nur Watson und nicht gleich mein vollständiger Name abgedruckt war. Vielleicht schaute er mir auch einfach nur auf die Brüste. Wobei die in meiner schwarzen

Dienstbluse nicht allzu viel hermachten.

Sein Blick wanderte zu mir hoch. Lag da Misstrauen in seinen Augen?

Ich versuchte, cool zu bleiben und mir nichts anmerken zu lassen. Watson war immerhin ein gebräuchlicher Name.

Bitte, frag mich nicht, ob ich dich angerufen habe.

Es erweckte nämlich den Anschein, als würde er genau darüber nachdenken.

„Miss Watson ...“, hob er an.

Ich schluckte und ein äußerst lahmer Satz formte sich auf meinen Lippen: „Ja, Mister Sutton, wie kann ich ihnen helfen?“

Ich wusste, dass ich mich anhörte, wie eine Parodie von mir selbst. So, wie Madison mich nachgeahmt hatte. Aber dieser formelle Ton, der so gar nichts mit meinem peinlichen Flirt gemeinsam hatte, rettete mir vielleicht den Hintern.

Nach außen gab ich mich nonchalant, aber innerlich verbrannte ich. Mein Herz hämmerte wie die Hufe eines Trampeltiers und unter seinem prüfenden Blick spürte ich, wie meine Wangen zu glühen begannen.

Nichts anmerken lassen, nichts anmerken lassen, nichts ...

„Ich habe mich gefragt, ob Sie mir etwas empfehlen könnten. Was macht man denn hier so in Swanage?“

Ungläubig und zutiefst erleichtert schaute ich ihn an.

„Äh ... als Tourist?“, stammelte ich und benetzte meine Lippen.

Sein Blick wanderte auf meinen Mund und er nickte belustigt.

Ich riss mich zusammen. „Also, dies ist ein Badeort.

Wir haben einen wunderschönen Strandabschnitt und in der Nähe gibt es tolle Buchten und Kalkfelsen. Wir liegen an der Jurassic Coast, einem Küstenstreifen, der zu den Naturwundern der Welt gezählt wird.“

Die Umgebung war wirklich traumhaft schön. Ich konnte mich daran nicht sattsehen. Besonders, wenn die Sonne unterging und alles rot anstrahlte.

„Aha.“ Rhys Sutton wirkte noch nicht überzeugt. Sicher musste er daran denken, dass wir hier kein High-Speed-WLAN auf unseren Kalkfelsen hatten, und nun grübelte er wohl, wie er seine Woche Urlaub nach der Hochzeit irgendwie herum bekommen konnte.

Ich nickte überzeugt. „Nur ein paar Kilometer von hier entfernt liegen die *Old Harry Rocks*. Die sollten Sie gesehen haben! Die Leute kommen von überall, um sie anzuschauen. Sie sind aus London, richtig?“

Er nickte und schien sich über meinen Eifer zu amüsieren, mit dem ich ihm die Grafschaft Dorset, in der wir uns befanden, schmackhaft zu machen versuchte.

Die Wahrheit war, dass ich vor lauter Erleichterung, dass er unser Telefonat nicht erwähnte, zum Plappern neigte: „Da wird ihnen das Meer eine tolle Abwechslung bieten. Gehen Sie baden. Genießen Sie die Natur und die historische Kulisse von Swanage. In der Nähe befindet sich auch die Burgruine *Corfe Castle*.“

Er musterte mich. „Und das ist die Empfehlung für die Urlauber?“

„Also, wir Einheimischen gehen auch gerne schwimmen. Das Leben am Meer ist sehr schön.“

„Was ist mit Action?“, bohrte er tiefer und lehnte sich dabei leicht über den Tresen zu mir. Seine Stimme klang irgendwie dunkler. Ein bisschen wie bei unserem

Telefonat, als er mich gefragt hatte: *„Worauf genau stehst du denn?"*

Allein, daran zu denken, bescherte mir Herzrasen. Sein Blick war so prüfend und misstrauisch, als hätte er mich doch irgendwie im Verdacht. Aber was er sagte, klang eigentlich ganz normal.

Ob meine Paranoia mir da etwas vorgaukelte?

Vielleicht probierte er nur, sich meine Brille und die spießige Frisur wegzudenken. Immerhin betrachtete er mich gerade von oben bis unten, als würde er mich abchecken. Hatte er sich deshalb extra vorgelehnt?

Ich räusperte mich und zuckte mit den Schultern. „Es gibt auch motorisierte Wassersportarten. Das könnte etwas für Sie sein. Oder buchen Sie doch einen Helikopterflug über die Steilküste oder die Burg. Ja, oder – ich weiß nicht genau, was sie unter Action verstehen –, aber drüben in Bovington gibt es noch das Panzermuseum."

Vielleicht interessierte ihn das. So als Mann.

Er schaute mich etwas seltsam an und nickte langsam. „Ich habe das mit dem Erholen noch nicht so gut raus, aber ich werde schon was finden. Danke für die Vorschläge." Es machte den Eindruck, als wollte er sich bereits abwenden, doch dann guckte er noch einmal auf mein Namensschild und fügte an: „Miss Watson."

So wie er meinen Namen aussprach, klang es, als würde er ihn sich ganz genau durch den Kopf gehen lassen. Abermals sah er mir direkt in die Augen. Ich hatte das Gefühl, als würde er mich mit seinem blauen Blick röntgen wollen.

Ich war völlig unfähig fortzusehen oder mich zu rühren. Alles in mir bebte vor Anspannung. Gleich würde er mich doch noch mit dem Telefonat konfrontieren, weil es bei ihm Klick gemacht hatte. Und dann müsste ich mich ihm erklären.

Es war, als würde mein Leben an mir vorbeiziehen, so sehr brannte die Panik in mir.

Stattdessen nickte er jedoch mit dem Kinn in die Richtung von meinem Schreibtisch und sagte: „Sie haben da einen interessanten Büroartikel."

Mit diesen Worten wendete er sich von mir ab und ging mit schnellen Schritten zu den Fahrstühlen davon.

Mit zittrigen Knien sank ich auf meinem Stuhl zusammen und atmete tief durch. Auf dem Tisch vor mir lagen die pinken Handschellen, die mir Tracy geschenkt hatte.

Ganz toll.

꧁ 6 ꧂

„Du stocherst ja nur in deinem Essen herum“, bemerkte meine Mutter.

Sie war Mitte fünfzig, hatte noch immer braune Haare mit nur wenigen Silbernen dazwischen und trug die Sachen von der Arbeit, weil sie bisher nicht dazu gekommen war, sich umzuziehen. Mom war in einer Parfümerie in Poole beschäftigt und sah immer sehr elegant aus.

Seit dem Tod meines Vaters ging sie Vollzeit dorthin. Eigentlich brauchte sie nicht viel Geld für ihre Zweiraumwohnung und das tägliche Leben, aber im Geschäft kam sie auf andere Gedanken.

Wir saßen an ihrem kleinen Esstisch in der Küche. Der Duft von gebratenem Fisch mit Gemüse und Kartoffelbrei hing in der Luft. Es war ein Geruch, der mich an meine Kindheit erinnerte, denn hier an der Küste hatten wir schon immer viel Fisch und Meeresfrüchte gegessen.

„Schmeckt es dir nicht?“, erkundigte sie sich.

Dabei wusste sie, dass ich es sehr gerne aß. Und weil sie dasselbe auf dem Teller hatte, war ihr bestimmt klar, dass es nichts zu beanstanden gab.

„Doch. Alles prima, Mom.“ Es war eigentlich sogar besonders lecker. Genau die richtige Mischung aus Eierpanade und Zitronensaft.

Aber ich konnte nicht aufhören, daran zu denken, wie Rhys mich betrachtet hatte. Oh, diese blöden Handschellen, die mir noch nicht einmal gehörten! So kaufte er mir meine biedere Aufmachung mit der Brille und dem Haarknoten ganz sicher nicht ab. Und somit kam ich als seine unbekannte Telefondame infrage.

Heute hatte er ein weiteres Mal versucht, mich anzurufen. Natürlich nicht mich direkt. Nur mein Handy.

Wenn er wirklich wüsste, wer ich war, hätte er mich auch an der Rezeption zur Rede stellen können. Das war zumindest die vage Hoffnung, an die ich mich klammerte.

„Irgendwas ist doch mit dir“, bohrte Mom nach. „Du kannst mit mir über alles reden.“

Ihr Blick war so warmherzig, dass mir die Worte herausrutschten, bevor ich auch nur darüber nachgedacht hatte.

„Ich habe totalen Mist gebaut.“ Ohne den genauen Wortlaut oder meinen Betrunkenheitsgrad wiederzugeben, gestand ich ihr, dass ich einen Hotelgast angerufen und mit ihm zu flirten versucht hatte. „Aber das ist völlig schiefgegangen. Ich bin so aus der Übung. Es war einfach nur peinlich.“

Ich hatte bisher zwei Beziehungen gehabt, aber in

beiden Fällen war ich angesprochen worden. Wäre es von mir ausgegangen, wäre ich wohl noch Jungfrau. Und nach zwei Jahren ohne Freund, war alles, was ich vorweisen konnte, ein Vibrator, der im Dunkeln leuchtete. Es musste sich dringend etwas ändern.

So langsam hatte ich das Gefühl, Verzweiflung auszudünsten.

„Ach, Schätzchen“, tröstete Mom mich und drückte meine Hand.

„Er ist so toll, aber ich war so blöd“, klagte ich. „Jetzt kann ich ihn mir komplett abschminken und froh sein, wenn er mich nicht für bescheuert hält.“

Die Handschellen erwähnte ich dabei nicht. Immerhin waren es nicht meine gewesen.

„Er gefällt dir, oder?“

„Mhm.“ Geräuschvoll stieß ich den Atem aus. „Ich würde ihn sehr gerne richtig kennenlernen. Aber das ist sowieso Blödsinn – auch ohne den Anruf. Er ist viel zu toll für mich.“

„So ein Unsinn“, behauptete sie. „Du bist ein hübsches, liebes Mädchen.“

Ich schnaubte undamenhaft. „Ich wünschte, ich wäre noch ein Mädchen. Ich werde dreißig. Du hast es so gut, dass du Paps schon in der Schule getroffen hast.“

Auch wenn es immer wieder die Trauer in unsere Herzen zurückbrachte, wenn wir von ihm sprachen, redeten wir oft über ihn. Er war eben ein Teil dieser Familie und würde es immer sein. Er war der beste Dad auf der Welt gewesen. Als ich klein war, hatte er mich immer in einer Schubkarre durch die engen Dorfstraßen zum Pier geschoben, an dem wir dann geangelt hatten. Und später hatte er mich und den Fisch zurückgerollt.

„Du findest auch noch den Richtigen“, beteuerte sie.

Ich wusste, dass sie wirklich daran glaubte, aber langsam keimten Zweifel in mir auf.

„Es dauert schließlich eine Zeit, bis man weiß, ob man zusammenpasst.“ Falls nicht ging die Suche von vorne los. „Dann noch länger bis man heiratet. Wer weiß, ob ich mal Kinder haben werde, wenn sich in den nächsten Jahren nichts tut?“

Das Ticken der Wanduhr hallte durch den Raum und schien auf mich zuzurücken.

„Dreißig ist doch nicht alt“, probierte meine Mutter es.

„Als du in meinem Alter warst, war ich fünf.“ Allein die Vorstellung war ernüchternd.

„Liebes, das ist kein Wettstreit. Ich kann verstehen, dass du frustriert bist, aber du hast mir doch gerade gesagt, dass dir dieser Hotelgast gefällt.“

Ja, schon. Und wie er das tat.

Trotzdem schaute ich sie an, als hätte sie mir nicht zugehört. „Mom, ich kann ihn nicht anbaggern. Er ist immerhin ein Gast.“

Ich wollte keine Schwierigkeiten wegen meines unprofessionellen Verhaltens bekommen.

Zur Krönung gluckste sie auch noch. „Aber Angel, du hast ihn schon längst angeflirtet.“

Ich seufzte und schüttelte den Kopf. „Wärst du dabei gewesen, dann wüsstest du, dass man das nicht flirten nennen konnte.“

Am liebsten wollte ich mich vor diesem Anruf verstecken und jede Beteiligung abstreiten. Das war das Peinlichste, was mir seit Langem widerfahren war.

Mom zuckte mit den Schultern und lächelte mich unbeschwert an. „Aber er weiß ja nicht, dass du das warst. Neue Chance, neues Glück. Beim nächsten Mal klappt es besser."

„Ich glaube, es gibt kein nächstes Mal", entgegnete ich kleinlaut.

„Hör mir mal zu: Liebe ist wichtiger als die Arbeit. Falls er dein Traumprinz ist, solltest du ihn dir nicht entgehen lassen. Er könnte derjenige welcher sein."

Ich runzelte die Stirn und starrte auf meinen Teller. „Du meinst echt, dass ich meinen Job dafür riskieren sollte?"

„Also, ich glaube nicht, dass es dazu käme. Die meisten Männer fühlen sich eher geschmeichelt, wenn sich eine hübsche, junge Frau für sie interessiert. Er wird sich deshalb bestimmt nicht bei deinem Chef beschweren."

Da war ich mir nicht so sicher. Er hatte sich auch über den schiefen Boden und das fehlende Internet im Zimmer beklagt.

Seit der Schulzeit war ich wegen eines Kerls nicht mehr so nervös gewesen. Und dabei kannte ich ihn eigentlich gar nicht. Das war im Grunde völlig verrückt. Aber ein bisschen war es auch, wie Liebe auf den ersten Blick. So, wie es mir bei meinem Brautkleid ergangen war.

Bevor wir den Abend mit fernsehen verbrachten, klingelten wir bei Cherry durch. Sie lag bereits im Bett und hatte Medizinsaft für die Nacht getrunken. Davon war sie so schläfrig, dass wir ihr nach wenigen Sätzen eine gute Nacht und gute Besserung wünschten.

„Morgen geht es mir bestimmt besser", versprach sie.

Aber sie hörte sich eher so an, als würde sie noch mindestens eine Woche das Bett hüten müssen.

„Ruh dich einfach aus, Cherry", ermahnte ich sie.

„Soll ich dir morgen Hühnersuppe bringen?", schlug

Mom vor.

„Nein, nein. Ich bin ganz schnell wieder fit.“ Das letzte Wort ging in einem schallenden Niesen unter. Sie schnaubte in ein Taschentuch und behauptete: „Ich muss arbeiten. Übermorgen ist ein wichtiger Termin.“

Daran glaubte sie doch wohl selbst nicht, oder?

Aber es war sinnlos, mit ihr zu streiten. Sie würde sowieso von selbst merken, dass es nicht ging.

Es musste einfach einen Job geben, der besser zu ihr passte und bei dem sie auch besser über die Runden kam. Mom und ich steckten ihr regelmäßig Geld zu, wenn es mal wieder nicht lief.

Unweigerlich kehrten meine Gedanken zu Rhys Sutton zurück. Er wirkte so selbstbewusst und erfolgreich. Sicher hatte er niemals eine von Cherrys Tätigkeiten ausprobiert. Wenn es doch nur ein Rezept für Erfolg gäbe.

Ja, und wenn ich schon dabei war, mir etwas zu wünschen: Wenn es doch gleich auch noch ein Rezept für die Liebe gäbe.

ꟈ 7 ꟈ

Das Hotel war festlich hergerichtet. Das Jawort gab sich das Brautpaar in einer kleinen Kapelle und für das Fotomotiv war die Burgruine auserkoren worden. So weit ich mitbekommen hatte, war zu den Füßen der Burg sogar ein weißes Festzelt für den Sektempfang errichtet worden.

Doch für die späteren Feierlichkeiten war das *Old Beauty Hotel* vorgesehen, weil sich die Brautleute hier zum ersten Mal begegnet waren. Unser Restaurant sorgte für das leibliche Wohl und war eigens für die geschlossene Gesellschaft reserviert worden. Überall schmückten Blumenbouquets die Tische.

Im kleinen Saal daneben befand sich der Tanzbereich. Die Schiebetüren zwischen Restaurant und Saal standen weit offen und bildeten einen einladenden Durchgang, der mit Blumengirlanden drapiert war.

Als kleine Aufmerksamkeit des Hotels hatten Madison und ich Dutzende Heliumballons mit einer Druckflasche aufgeblasen und im Lobbybereich platziert, damit schon der Empfang etwas hermachte. Ein Foto des Brautpaars, das kurz nach ihrem Kennenlernen entstanden war, war vergrößert worden und stand nun als Schild neben dem Eingang zum Saal.

„Das ist so romantisch“, schwärmte ich.

„Das sind Luftballons und ein Foto“, tat Maddy es ab. „Ein kleiner Trost für lebenslange Ketten.“

Sie konnte der Ehe nichts abgewinnen. Ihre Eltern hatten sich scheiden lassen, als sie zehn Jahre alt gewesen war. Und das, obwohl ihre Mutter eine unverbesserliche Romantikerin war. Aber einseitige Liebe genügte nun einmal nicht.

„Ehen sind unpraktisch“, erklärte sie. „Es ist so umständlich, wenn du dich dann trennen willst, und alle müssen drunter leiden.“

Ich verdrehte die Augen. „Aber es geht doch genau darum, sich nicht mehr zu trennen.“

Sie grunzte. „Ja, als ob das funktionieren würde! Im nächsten Leben arbeite ich beim Scheidungsgericht.“

Ich stöhnte und schüttelte bloß den Kopf. Es war schwer vorstellbar, dass ausgerechnet Maddys Mutter ihr Geld mit Hochzeiten verdiente. Vermutlich rief sie deshalb immer mich an, wenn sie über ihr Geschäft sprechen wollte.

Mein Handy klingelte und meine eigene Mom war dran. „Süße, du musst mal bei Cherry anrufen. Es geht ihr gar nicht gut und sie will arbeiten!“

Allerdings sah ich in genau diesem Moment das Brautpaar zur Drehtür hereinkommen. „Mom, ich kann gerade nicht. Hier ist jetzt viel los, aber ich ruf dich zurück.“

Sie klang nicht begeistert. „Meinetwegen, aber warte damit nicht so lange."

Ich trennte die Verbindung und strahlte die Brautleute an. Maddy und ich kamen um die Rezeption herum und schüttelten ihnen feierlich die Hände.

„Herzlichen Glückwunsch zur Vermählung. Das ist ganz wundervoll", erklärte ich.

Maddy nickte bloß stumm, weil ihr nichts Positives einfiel. Zumindest zog sie kein Beerdigungsgesicht, aber es handelte sich ja auch nicht um ihre eigene Trauung.

Ich für meinen Teil war schwer neidisch auf die Braut. Ich wollte auch einen Mann haben und heiraten.

Hinter dem Brautpaar erspähte ich Rhys Sutton. Er war der Trauzeuge des Bräutigams und der Anzug, in dem er steckte, ließ ihn umwerfend aussehen. Leider war nicht nur ich dieser Ansicht. Auch die Trauzeugin der Braut hatte eindeutig ein Auge auf ihn geworfen und schien der alten Tradition frönen zu wollen, noch an diesem Abend etwas mit ihm anzufangen.

Eifersucht durchbohrte mich wie ein spitzer Pfeil. Ich schluckte hart und mein Blick wanderte zurück zu ihm. Dabei bemerkte ich, dass er mich ebenfalls anschaute. Oh, diese blauen Augen. Unsicher benetzte ich meine Lippen. In seiner Nähe verlor ich ständig die Fähigkeit, mich zu rühren. Maddy stupste mich sogar an und trotzdem konnte ich nicht von ihm fortsehen.

Sein Blick wurde schmal und nachdenklich. In genau diesem Moment hakte sich die Trauzeugin bei ihm ein und schwatzte ihn von der Seite voll. Seine Aufmerksamkeit richtete sich auf sie und der Bann war gebrochen.

Es war, als würde ich aus einer Trance erwachen.

Verlegen schaute ich zu Maddy. Sie machte nur große Augen und zog mich zurück hinter die Rezeption.

„Himmel, Angel, dich hat es ja voll erwischt!", tuschelte sie.

Die Art, wie sich gerade mein Herz beim Anblick von Rhys und der Frau verkrampfte, bestätigte ihre Vermutung.

„Es geht mir gut", log ich.

Zum Glück war so viel los, dass ich alle Hände voll zu tun hatte und dadurch abgelenkt wurde. Auch Maddy lief ständig hin und her, um in der Lobby alles zu koordinieren.

„Angel!", rief sie und eilte zurück hinter unseren Rezeptionstresen. „Der Küchenchef bittet uns, noch ein paar Luftballons für den Tisch mit der Torte aufzublasen."

Sie hielt mir ein paar rote Ballons in Herzform entgegen, während sie mit der anderen Hand bereits nach der Heliumflasche griff.

Erneut klingelte mein Handy. Mist, ich war noch gar nicht dazu gekommen bei meiner Mutter zurückzurufen oder mich bei Cherry zu melden.

Schnell nahm ich ab und sagte nur: „Mom, ich kann gerade nicht. Ich arbeite."

Doch die Stimme am Telefon stellte mir alle Härchen auf. „Hier ist nicht Mom."

Es war Rhys Sutton!

Verdammt, ich hatte das Display nicht kontrolliert, sondern war einfach nur drangegangen. Normalerweise war das kein Problem. Aber ich hatte außer Acht gelassen, dass er seit meinem peinlichen Anruf schon dreimal versucht hatte, mich zu erreichen. Mist.

Der Kloß in meinem Hals hinderte mich am Atmen.

„Hallo, Angel“, hörte ich ihn sagen.

Das Problem war nur, dass ich es in Stereo hörte – aus meinem Telefon und seitlich hinter mir.

Ich fuhr herum und erblickte ihn dort mit seinem Handy am Ohr. Er stand keine drei Meter von mir entfernt. Vor Schreck purzelten mir die leeren Luftballons aus den Händen.

„Oh, Scheiße“, flüsterte ich.

Er musste gehört haben, wie Maddy meinen Namen gerufen hatte. Ja, oder er hatte mich schon die ganze Zeit im Verdacht gehabt und nur zappeln lassen. Ich hatte im Spinnennetz gehangen und es nicht gemerkt.

Mein Schädel fühlte sich mit einem Mal ganz dumpf an und mein gesamtes Sichtfeld schrumpfte auf ihn zusammen. Alle anderen Gäste und der ganze Trubel rückten in weite Ferne. Die Sekunden dehnten sich aus, bis meine Lungen brannten. Erst da merkte ich, dass ich noch immer den Atem anhielt.

Japsend rang ich nach Luft und wisperte: „Das tut mir so leid.“

Er nahm sein Handy vom Ohr und steckte es in die Tasche. Dann winkte er mich näher zu sich heran. „Miss Watson, hätten Sie mal eine Sekunde.“

Ich ging auf ihn zu wie ein Schaf zur Schlachtbank.

Genau wie am vorletzten Abend lehnte er sich zu mir über den Tresen. So leise, dass uns niemand hören konnte, raunte er mir zu: „Mal im Vertrauen: Ich weiß sonst eigentlich ganz gerne, wer mir die Brust ablecken will.“

Ich wollte im Boden versinken, mich in Luft auflösen, einfach irgendwo anders sein.

„Das hätte ich niemals sagen sollen“, beteuerte ich. „Und es war falsch, mein Wissen über ihre Zimmernummer für einen Anruf zu nutzen. Falsch und unprofessionell. Ich kann verstehen, wenn Sie sich beschweren wollen. Aber bitte tun Sie es nicht.“

Er beugte sich näher zu mir. „Ich werde mir noch überlegen, was in dieser Sache angemessen ist.“

„Bitte“, flüsterte ich. „Es tut mir so furchtbar leid. Sie ahnen nicht wie sehr.“

Er betrachtete mich mit seinen unergründlichen, blauen Augen. „Da ich in meiner Funktion als Trauzeuge hier bin, habe ich jetzt leider keine Zeit. Aber ich komme auf Sie zurück.“

Ich nickte scheu. „Danke.“

Dabei hatte er mir noch gar nichts zugesichert. Sein amüsiertes Zucken am Mundwinkel machte mir das auch deutlich. Aber statt mich darauf hinzuweisen, fügte er an: „Da wäre noch eine Sache.“

„Sicher.“ Hastig nickte ich.

„Das nächste Mal, wenn ich dich anrufe, gehst du gleich ran.“ Sein entschiedener Blick bohrte sich in meinen. „Angel.“

Meinen Vornamen aus seinem Mund zu hören, verursachte bei mir Gänsehaut.

Er ließ mich stehen und schloss sich der Hochzeitsgesellschaft an. Als er ging, fühlte ich mich leer und war gleichzeitig überfüllt mit Sorgen und Hoffnungen.

Ich hatte keine Ahnung, was passieren würde. Alles hing in der Schwebe.

8

Als ich mich umdrehte, starrte mich Madison entgeistert an. „Hat er …? Ich meine, war das gerade …?"

Ich nickte. „Ja, er weiß es."

Sie griff mit beiden Händen nach meinem Arm und zog mich vom Tresen weg und näher zu den Postfächern. „Und jetzt?"

Ratlos zuckte ich die Schultern. „Keine Ahnung."

Dann wiederholte ich das Wenige, was er gesagt hatte.

„Also überlegt er sich erst noch, wie er reagiert", murmelte sie. Ebenso ratlos wie ich stieß sie die Luft aus. „Was wird er wohl tun?"

„Keine Ahnung." In meiner Vorstellung hatte Rhys Sutton nicht nur jegliche Achtung vor mir verloren, sondern ich malte mir auch aus, wie mein Manager mich zu einem dringenden Gespräch zitierte, weil ich einen Gast sexuell belästigt hatte. Mir wurde heiß und kalt, wenn ich nur daran dachte.

Gedankenverloren kratzte Maddy sich an der Schulter.

„Er hat dich ganz schön angestarrt. Aber ich kann mich gar nicht entscheiden, ob das ein guter oder ein schlechter Blick war. Der Kerl hat ein Pokerface.“

Ich erinnerte mich genau an jenen durchdringenden Blick, von dem sie sprach. Noch immer ging er mir durch Mark und Bein. Und das Schlimmste war, dass ich Rhys Sutton nach wie vor wollte. Dabei würde er mich sicher nicht als Freundin in Betracht ziehen, nachdem ich mich vor ihm so lächerlich gemacht hatte. Mein Gefühlsleben war komplett verkorkst.

Obendrein hatte sich diese lästige Trauzeugin sofort wieder bei ihm eingehakt, nachdem er mich an der Rezeption hatte stehen lassen. Vermutlich würden sie die ganze Nacht tanzen, einander schöne Augen machen und später in seinem Bett im zweitbesten Zimmer des Hauses landen. Meine Fantasie gaukelte mir nackte Körper und hemmungsloses Stöhnen vor. Auch von ihm. Sicher würde er das genießen. Sie hatte sehr gut ausgesehen. Ich drehte mein Gesicht zur Wand, wo es niemand sehen konnte, krallte meine Hände an die Schläfen und fluchte leise. Ich wollte diese Bilder nicht im Kopf haben. Und eigentlich sollten mich doch auch gerade ganz andere Dinge beschäftigen, denn ich war noch nicht aus dem Schneider. Eifersucht stand mir gar nicht zu.

„Komm“, probierte Maddy, mich abzulenken. „Wir machen jetzt die Ballons fertig und dann rufst du deine Mutter zurück. Wir wissen ja doch nicht, was er tun wird.“

Ich fühlte mich wie ein trüb gewordenes Abziehbild meiner selbst. Plötzlich war für mich die schöne Stimmung dieser Hochzeit verpufft. Wir befüllten die

Herzluftballons mit Helium und Maddy brachte sie zum Tortentisch.

Derweil meldete ich mich zu Hause: „Hey, Mom."

„Oh, gut, dass du anrufst. Du musst dringend mit Cherry reden. Sie hat morgen diesen bescheuerten Vorführtermin für ihre Kosmetiksachen und will dort allen Ernstes hingehen. Dabei hat sie praktisch keine Stimme mehr. Ich konnte sie kaum verstehen."

„Und was soll ich da machen?", wunderte ich mich. Offensichtlich hatte Mom schon versucht, es ihr auszureden.

„Bitte, sprich mit ihr. Sie hat sogar Fieber. Ich will nicht, dass sie umkippt. Euer Vater ist auch einfach umgekippt und war dann tot."

Mit diesem Argument packte sie mich bei den Eingeweiden. Dad hatte einen Schlaganfall erlitten, war gestürzt und nicht mehr aufgestanden. Jede Hilfe war zu spät gekommen. Seither waren wir nur noch zu dritt und Mom bewachte uns mit Argusaugen. Natürlich wollte sie nicht, dass einer von uns dasselbe passierte.

Aber leider war sie dadurch so übervorsichtig geworden, dass sie uns manchmal fast damit erstickte. Und Cherry reagierte deswegen so allergisch auf ihre Besorgnis, weil sie davon einfach nichts mehr hören konnte. Sogar dann nicht, wenn es angebracht war.

„Also gut, ich melde mich bei ihr", versprach ich.

Es war sowieso alles gut, was mich von Rhys Sutton ablenkte.

Nachdem ich mich von meiner Mutter verabschiedet hatte, klingelte ich bei Cherry durch. Sie war tatsächlich schwer zu verstehen. Ihre Stimme war praktisch nicht mehr vorhanden und klang so rau, dass schon das

Zuhören im Hals wehtat. Ich verspürte das dringende Bedürfnis, mich zu räuspern.

„Cherry, du klingst furchtbar."

„Es geht schon", krächzte sie wie ein sterbender Rabe.

Seufzend schüttelte ich den Kopf. „Das ist doch ein Vorführtermin, bei dem du deine Produkte einer Horde Hausfrauen vorstellen sollst, oder?"

„Das sind nicht nur Hausfrauen", beharrte sie, obwohl das doch ganz nebensächlich war.

„Dich wird niemand verstehen, Cherry. Also macht es keinen Sinn, dort überhaupt zu erscheinen. Du solltest es wirklich verschieben."

„Nein, das geht nicht!" Sie hustete wild herum. „Da kommen fünfzehn Frauen. Die haben sich das alle freigehalten. Weißt du, wie schwer es ist, für so viele einen passenden Termin zu finden?"

„Davon geht doch die Welt nicht unter." Immerhin war es nur Make-up. Niemand starb davon, wenn man es wegließ.

„Doch, meine schon. Das sind schließlich auch ganz viele potentielle Käuferinnen für mich. Ich habe es satt, mir bei euch Geld zu leihen." Cherry hörte sich so elend an, dass ich ihre Zähne aufeinander klappern hörte.

„Hast du Schüttelfrost?", hakte ich nach.

„Und wenn schon?", gab sie sich stur. Es folgte ein weiterer Hustenkrampf.

Resigniert stöhnte ich. „Wann ist denn der Termin? Abends?"

„Neunzehn Uhr. Bis dahin bin ich fit."

Klar, und die Mondlandung war eins von Grimms Märchen.

„Warst du beim Arzt?"

Eine Weile blieb es still in der Leitung. Dann räumte sie ein: „Nein, ich bin doch nicht versichert. Die Rechnungen beim Arzt würden mich grillen."

Mom würde sie auch grillen, wenn sie wüsste, dass Cherry ihre Krankenversicherung gekündigt hatte, um Geld zu sparen.

„Pass auf, ich muss heute lang arbeiten, kann dann gerade mal schlafen und muss früh schon wieder im Hotel sein. Aber ab vier Uhr habe ich frei. Dann bringe ich dich zum Arzt, zahle die Rechnung und anschließend sehen wir weiter."

„Was denn weitersehen?", erkundigte sich Cherry alarmiert. „Ich brauche diesen Vorführtermin."

Wie es aussah, lag es also an mir. Wie schwer konnte es schon sein, Schminke zu verkaufen? Ich besaß immerhin einen Abdeckstift und Mascara. Und vor zwei Jahren hatte ich an Silvester mal Lidschatten benutzt.

„Ich werde dir helfen."

„Wie denn hel...?"

„Ich gehe für dich dorthin", unterbrach ich sie und konnte selbst kaum glauben, was ich da sagte.

„Juhu!", krächzte sie und fing wieder an zu husten.

Zum Glück hatte ich übermorgen frei. Das würde ich danach dringend gebrauchen können. Wie hatte ich mir nur diesen Vorführtermin aufhalsen können? Ich betete, dass er nicht in Swanage stattfände, sondern an einem Ort, an dem mich niemand kannte. Das würde es zumindest weniger peinlich machen. Aber nur ein bisschen.

꧁ 9 ꧂

Der nächste Tag im Hotel verlief eigentlich ganz gut. Die meisten Hochzeitsgäste checkten nach und nach aus. Dabei erkannte ich schnell, wer zu den Frühaufstehern gehörte und wer den Abreisezeitpunkt für die Zimmer voll ausreizte.

Die Trauzeugin erschien wortwörtlich fünf vor zwölf und gehörte damit zu den Letzten. Trotzdem sah sie völlig übernächtigt aus.

„Hey", grüßte sie mich, wobei sie herzhaft gähnte. Dann fügte sie an: „Ich will auschecken."

„Ja, natürlich. Welches Zimmer hatten Sie denn?"

Sie schob mir die Zimmerkarte über den Tisch. Sie steckte noch in der Papierhülle, auf der die Nummer dreiundzwanzig eingetragen war.

Ich rief ihre Daten im Computer auf. „Hatten Sie etwas aus der Minibar, Miss Abcott?"

Sie schnaubte. „Himmel, nein! Auf der Hochzeit gab es mehr als genug Getränke."

Ich druckte die Rechnung für sie aus und schob sie ihr über die Theke zu. Dann tippte ich auf den Gesamtpreis am Ende des Blattes und schlüsselte ihr die Einzelposten auf: „Das wären hundertvierzig Pfund für die reguläre Übernachtung am Werktag und noch mal hundertneunzig Pfund je Nacht durch den Wochenendtarif."

Natürlich hatte sie den Gesamtpreis schon bei ihrer Buchung gekannt, trotzdem wanderten ihre Augenbrauen nach oben. „Das ist ja ganz schön üppig", fand sie.

Ich nickte verständnisvoll. „Wir sind mitten in der Hauptsaison, Miss Abcott. Da sind die Hotels vor Ort ausgebucht."

„Ja, aber hundertneunzig am Wochenende." Sie schüttelte den Kopf und murmelte mehr zu sich selbst als zu mir: „Dabei habe ich das Zimmer letzte Nacht gar nicht gebraucht."

Ihre Bemerkung landete wie eine Abrissbirne in meiner Magengrube. Sofort stieg die Erinnerung in mir auf, wie sie sich bei der Feier an Rhys rangeschmissen hatte. Oh, nein. Alles, bloß das nicht.

Mit zittrigen Fingern nahm ich ihre Kreditkarte und buchte den Rechnungsbetrag davon ab. Dann wünschte ich ihr einen schönen Tag und eine gute Reise, während ich ihr grün vor Neid nachsah. Außerdem trieb mich eine der tückischsten Fragen überhaupt um: Was hatte sie, was ich nicht hatte?

Ich seufzte. Da fiel mir leider viel zu viel ein. Sie war schön, fröhlich und hatte sich nicht bis auf die Knochen blamiert. Und dann wäre da noch der bedauerliche Umstand, dass sie denselben Wohnort wie Rhys hatte:

London. Natürlich führte der Mann ein eigenes Leben, in dem ich nicht vorkam und auch noch nie vorgekommen war. Aber die Vorstellung, dass er in einer Woche abreisen, mich hier zurücklassen und zu dieser Frau gehen würde, drehte mir den Magen um.

Was sollte ich bloß tun? Ich konnte froh sein, wenn er mich nicht anschwärzte.

Später am Tag, als ich endlich Feierabend hatte, fuhr ich meine Schwester zum Arzt. Mein Herz fühlte sich noch immer schwer wie Blei an, doch für Cherry riss ich mich zusammen. Es stellte sich heraus, dass sie an einer fortgeschrittenen Bronchitis litt. Der Doktor verschrieb ihr Antibiotika und andere Präparate und verordnete ihr strikte Bettruhe.

Als ich sie nach Hause zurückbrachte, saß sie halb zusammengesunken auf dem Beifahrersitz meines Wagens. Ich holte ihn fast nie aus der Garage und hätte Cherry sonst auch mit ihrem eigenen Wagen gefahren, aber bei dem Auto meiner Schwester leuchtete wohl schon seit einer Weile die Motorkontrollleuchte. Auch das hatte sie uns bisher verschwiegen.

Sie wollte so gerne auf eigenen Beinen stehen. Aber nun sah sie bloß noch wie ein Häufchen Elend aus. Ihr braunes Haar hing schlaff am Kopf herunter und unter ihren Augen hatten sich dunkle Ringe gebildet. Ihre Nase war rot vom Schnupfen und ihre Lippen fast weiß und ganz rissig. Sie wirkte wie jemand, der eine Infusion brauchte.

Ich war wütend, dass sie so unvernünftig war und aus sechs gefloppten Selbständigkeiten nichts gelernt hatte. Sie betrieb Raubbau an ihrem Körper. Natürlich hatte ich Verständnis dafür, dass man seine Lebensträume wahr werden lassen wollte – wirklich, denn ich träumte ja selbst ganz groß –, aber ich hielt nichts davon, wenn man sie auf Kosten der eigenen Gesundheit verwirklichen wollte.

Ich würde mich mal mit ihr und ihrem Bilanzbuch, das sie hoffentlich führte, zusammensetzen, sobald sie wieder gesund war. Es musste einfach eine Alternative her.

Trotzdem würde ich heute Abend zu dieser Veranstaltung gehen. Wenn sie sich nicht einmal einen Arztbesuch leisten konnte, sollte schleunigst etwas Geld in ihre Kasse gespült werden. Außerdem saß Cherry auf einem Haufen Beauty-Produkten fest, die sie in Vorleistung erworben hatte.

Hätte sie nicht so elend ausgesehen, dann hätte ich sie dafür geschüttelt. Dabei schienen schon die unebenen Straßen, die uns eine etwas holprige Fahrt in meinem alten Rover bescherten, so sehr an ihr zu rütteln, dass sie es kaum ertrug.

„Ist dir schlecht?“, fragte ich besorgt. „Willst du dich übergeben?“

Matt schüttelte sie den Kopf.

Wenigstens etwas. Ich würde sie gleich ins Bett stecken und dann wäre sie versorgt. Mit Bange dachte ich nun an meinen bevorstehenden Termin. „Kannst du mir noch mal die Produkte nennen, die du anbietest?“

Vorhin hatte sie schon zweimal alles mit mir durchgekaut, aber diese blöden Bezeichnungen purzelten ständig aus meinem Kopf.

„Da gibt es die Lippenstifte“, fing sie an. „Die Passion-Linie mit den Rottönen besteht aus rein veganen Bestandteilen und wurde ohne Tierversuche hergestellt.

Das gilt für ganz viele der Produkte. Manche sind auch speziell für Allergiker geeignet, wie die Sensation-Lippenstifte oder die Pro-Care-Cremes. Im Angebot haben wir gerade das Hamamelis-Serum zur Reduktion von Falten, die Pro-flex-curled-Mascara mit Bambusproteinen, das Pro-Collagen-Fluid aus Mittelmeeralgen der Sorte ..."

Sie erzählte immer weiter. Ich lernte dabei nur eines: Nämlich, dass auch häufiges Nachfragen und Erzähltbekommen mein Wissen über Cherrys rosa Produktkoffer in diesem Leben nicht mehr erweitern würde.

Ich müsste also improvisieren und davon würde ich ihr garantiert nichts verraten. Stattdessen behauptete ich: „Jetzt habe ich es verstanden."

„Wurde auch Zeit", seufzte sie, als würde ich an einem besonders hartnäckigen Fall von Lernverweigerung leiden. Dabei hatte Cherry diverse Fortbildungen besucht und ich nicht. Vermutlich war sie einfach nur zu erschöpft, um es mir immer wieder herunterzubeten.

Ich klopfte gegen meine Schläfe. „Ist alles hier drin."

Sie nickte matt. „Eins noch. So kannst du nicht gehen."

Als ich mein Spiegelbild in der Schaufensterscheibe erblickte, vor der ich meinen Wagen geparkt hatte, dachte ich nur: Nein, *so* kann ich nicht gehen!

Cherry hatte mich mit ihrem Vertreterinnenkostüm ausstaffiert. Es war pink. Und zwar pink wie pink. Pink-Panther-Pink!

Sofort düdelte die blöde Titelmusik des Cartoons durch meinen Kopf: *„Wer hat an der Uhr gedreht? Ist es wirklich schon so spät? ... Säg und pinsle bunt die*

Wände ...“

Und anscheinend hatte Paulchen Panther nicht nur die Wände pink gestrichen, sondern auch Cherrys Kleiderschrank.

Ich war schon wieder in der Hölle. Und diesmal war sie pink!

Ich wollte mich nicht anstellen wie ein Mädchen, aber ich sah echt wie eins aus. Eins, das eigentlich erst fünf war, noch Zöpfe an beiden Seiten und einen Lolly im Mund haben könnte. Es war kein Wunder, dass Cherry nichts verkaufte, wenn sie so aussah.

Was zum Geier war bitte an meiner Kleidung, die ich mir extra für den Anlass zusammengestellt hatte, so verkehrt gewesen? Ich hatte frisch ausgesehen mit meinen weißen Jeggins, dem türkisfarbenen Top und dem weißen Modeschmuck. Dazu die zauberhaften Ballerinas, die ich erst vor zwei Wochen im Räumungsverkauf ergattert hatte. Wie eine moderne Audrey Hepburn.

Aber nein: Jetzt hatte ich mich in Paulchen Panthers kleine Schwester verwandelt.

Zum Glück fand die Veranstaltung in einem Vorort von Dorchester und nicht in meiner unmittelbaren Nachbarschaft statt.

Ich setzte mich in meinen Wagen und strich den etwas zu kurz geratenen Rock von allen Seiten glatt. Es gab nichts Blöderes, als auszusteigen und einen zerknitterten Stoff am Hintern kleben zu haben, der aussah wie ein Faltengebirge. Na gut, es gab schon noch Blöderes. Zum Beispiel beschwipst beim Traummann anzurufen und ihm zu erklären, dass man ihn abschlecken wollte.

Manchmal waren Ideen, die man im betrunkenen

Zustand für toll befand, im Licht des neuen Tages nicht mehr ganz so glorreich. Wenn ich mich schon für eine totale Idiotin hielt – und ich war zu meinen Gunsten parteiisch –, was hielt Rhys dann erst von mir?

Seit der gestrigen Hochzeitsfeier hatte ich ihn nicht mehr gesehen. Sofort verspürte ich einen Stich im Herzen, als ich daran dachte, womit und mit wem er so beschäftigt gewesen sein musste. Zum Glück rief er mich jetzt nicht an. Ich war nervös genug, auch ohne dass er sich, wie angekündigt, meldete.

Im Kopf ging ich noch einmal Cherrys Produkte durch, um mich abzulenken und vorzubereiten: vegane Kosmetik, Pro-Collagen-Algen-Cremes. Mist, was war überhaupt Collagen? Alle quatschten davon, aber ernsthaft beschäftigt hatte ich mich damit nicht.

Sicher war das nur so ein Hype. Wie damals mit den Tamagotchis. Herrje, war ich alt, weil ich wusste, was das war.

Und wieso Algen? Die waren doch so glibbrig und rochen unangenehm. Besonders gut klang das ja nicht gerade. Hoffentlich fragte mich niemand danach. Bevor mir der Kopf qualmte, schaltete ich den CD-Spieler ein und sang laut zu Cindy Laupers *»Girls just wanna have fun«* mit.

Ja, wir Mädels wollten Spaß haben, wenn der Arbeitstag geschafft war. Leider sah mein Feierabendprogramm kein bisschen danach aus. Da lief doch irgendwas schief. Aber wenigstens fuhr Cherry hier nicht gerade die Straße mit Fieber und in einem kaputten Auto entlang. Allein dafür lohnte sich das.

Als ich an der Abzweigung nach Bovington vorbeikam, fiel mir sofort ein, wie ich Rhys das Panzermuseum empfohlen hatte. War ich denn von allen guten Geistern verlassen gewesen?

Actionurlaub? Ach, dann gehen Sie doch ins Panzermuseum.

Hätte ich das Lenkrad nicht festhalten müssen, weil ich durch eine Kurve fuhr, hätte ich die Hände über dem Kopf zusammengeschlagen.

Denn eigentlich war ich gar nicht so eine lächerliche Person, wie er es von mir glauben musste. In seiner Gegenwart ging einfach nur immer alles gehörig in die Hose. Aber ich war ein guter Mensch und so. Und tief in mir drin war ich davon überzeugt, dass wenn er mich nur richtig kennen würde und wüsste, wie ich wirklich war, dass er mich dann mögen würde und nicht diese Trauzeugin. Ja, dass ich die Eine für ihn sein könnte, die ihm zu seinem Glück noch fehlte.

Der Mann lächelte zu wenig und arbeitete zu viel. Ich könnte ihm zeigen, wie schön das Leben war.

Im selben Moment, als ich das dachte, bildete ich mir auch schon ein, wie ein fieses Teufelchen auf meiner Schulter landete und schnaubte: *„Ja, klar, im Panzermuseum. Mit dir hat man echt Spaß. Was er da lachen wird, wenn er vor einem FV432 steht."*

Ach, Schnauze, Teufelchen!

Vor lauter Tagträumerei hätte ich fast das richtige Haus verpasst. Ich parkte den Wagen, nahm meinen pinken Produktkoffer, raffte meinen Mut zusammen und stieg aus. Mein Herz schlug bis zum Hals. Gleich müsste ich mich gut anstellen und ich hatte keine Ahnung wie. Meine souveräne Freundin Madison hätte diese Vorführung sicherlich gerockt, aber Cherry hatte mich ins Feld geschickt. Das war, als würde sie bei einem

Kartenspiel statt eines Asses nur eine Sieben oder Acht auf der Hand halten. Zum Glück sollte ich kein Flirtseminar leiten, denn das hätte ich todsicher vergeigt.

Obwohl dies eine ruhige Wohngegend mit vielen Parkbuchten war, standen ausgerechnet vor der Hausnummer, zu der ich sollte, unzählige Autos dicht an dicht. Anscheinend waren die meisten Gäste der Make-up-Party bereits eingetroffen.

Ich klingelte und der Türöffner surrte. Von drinnen schallte mir fröhliche Musik entgegen und als ich die Treppe hoch lief, kam mir ein Mann entgegen, der ... na ja, grob gesagt, wie ein Stripper aussah.

Er war gut gebaut, attraktiv und als Cop verkleidet. Es handelte sich ganz eindeutig um ein Kostüm. Der Schnitt war äußerst knapp gehalten und der Bursche trug ein paar dekorative Extras wie eine Schirmmütze, eine große goldene Gürtelschnalle und einen unechten Schlagstock am locker sitzenden Halfter. Außerdem stand sein Hemd vorne offen und er hielt einen zerknitterten Haufen Geldscheine in der Hand.

Wo war ich denn hier gelandet?

„Hey, Süße“, grüßte er mich, als er an mir vorbeilief, und zwinkerte keck.

„Ähm ... ja. Hallo“, stammelte ich und schaute ihm nach. Hinter ihm fiel die Haustür ins Schloss. Unsicher blickte ich die restlichen Stufen empor. Ich hörte deutlich das Gegacker von Frauen. Bestimmt musste ich genau dorthin.

An der Wohnungstür erwartete mich eine Dame mittleren Alters im Nachthemd. Sie hielt ein Glas Sekt in der Hand und trug Tigerpuschen an den Füßen.

„Du musst Cherry sein!“, rief sie vergnügt. „Immer herein mit dir, wir feiern schon.“

Ob meine Schwester gewusst hatte, dass ich auf so einer Veranstaltung landen würde?

„Oh, haben Sie Geburtstag?“, versuchte ich mein Glück.

„Sozusagen. Ich fühle mich wie neu geboren. Wir feiern meine Scheidung. Jippie!“ Sie prostete mir zu und leerte ihr Glas.

Aha. Dann wäre dies eher ein Fest für Madison. Die hätte ihr gleich mal noch erzählt, wie blöd es gewesen war, überhaupt zu heiraten.

Trotzdem zwängte ich mir ein Lächeln auf die Lippen, denn ich wollte hier für Cherry Umsatz machen. „Wunderbar.“

„Und wie, Schätzchen!“

Schätzchen?

Hoffentlich waren alle so angetrunken, dass sie nicht merkten, dass ich von den Schminkartikeln keinen blassen Schimmer hatte.

Die frisch geschiedene Gastgeberin, eine Miss Sugarfood, die ich Mandy nennen sollte, stellte mir den Rest ihrer Freundinnen vor. Sie trugen alle Nachthemden oder Pyjamas. Mir war nicht klar gewesen, dass man Scheidungen mit Pyjama-Partys, Strippern und Schmink-Kauforgien feierte, aber okay. Die Welt war bunt und ich befand mich mittendrin. Schließlich war ich auch bunt – oder zumindest pink.

Zu den schrillen Ladys passte ich damit bestens.

Mandy erklärte mir, dass ihr Mann es gehasst hatte, wenn sie tagsüber im Nachthemd herumgelaufen war. Deshalb trug sie nun schon den ganzen Tag eins und alle

Freundinnen machten kollektiv mit.

Der Stripper sollte ihr den Appetit auf neue Kerle versüßen und das Make-up sollte sie ordentlich aufpeppen, um die tollen Typen auch zu bekommen, denen sie jahrelang entsagt hatte.

Na, das klang doch zumindest mal nach einem ordentlichen Kaufwillen.

Ich baute Cherrys Produktpalette auf einem Tisch auf, den mir Mandy eigens dafür freigeräumt hatte, und bekam schon jetzt Panik, wenn ich sah, dass ich das meiste davon überhaupt nicht kannte oder zuordnen konnte.

„Einen Applaus für unsere Cherry", lobte Mandy und alle klatschten. Für die war das wie ein Kinoprogramm. Ich erwähnte mal lieber nicht, dass ich bloß die Schwester ohne Ahnung war, sonst würden meine Verkaufszahlen sicher in den Keller rauschen.

„Danke für die Einladung." Ich schluckte und starrte in die erwartungsvollen Gesichter.

Okay, erzähl einfach irgendwas. Nur nicht festfrieren und ratlos gucken.

Ich setzte mein strahlendstes Rezeptionistinnen-Lächeln auf, schlug meinen Gäste-Begrüßungston an und erklärte: „Zunächst einmal möchte ich euch dazu gratulieren, dass ihr euch für einen Vorführabend über diese einzigartige Kosmetikserie entschieden habt. Sie vereint Produktqualität und tolle Farben und macht aus jeder Frau die Prinzessin, die sie sein will."

Es leben die Royals und natürlich Prinzessin Kate. Hier in England zog der Spruch mit den Prinzessinnen sicher noch besser als anderswo.

„Ihr werdet nichts anderes mehr benutzen wollen als

Princess me“, versprach ich. „Das garantiere ich mit meinem Namen.“

Entschuldige, Cherry.

Alle nickten interessiert, doch so langsam gingen mir die Sprüche, die ich aus Fernsehwerbungen kannte, aus. Irgendwann würde ich ja doch auf die Kosmetiklinie zu sprechen kommen müssen. Also klatschte ich in die Hände, um loszulegen, und fasste nach dem erstbesten Produkt, das ich in die Finger bekam. Es war ein Lippenstift. Um sicherzugehen zog ich die Kappe ab und drehte ihn heraus.

Das Ding war leuchtend rot.

Verdammt, zu welcher Reihe gehörten die roten Stifte? Passion oder Sensation?

Ich würde einfach beide Adjektive hineinpacken: „Dieser sensationelle Lippenstift wird ihre leidenschaftliche Seite unterstreichen. Ähm ... Die Textur ist hauchzart.“

Ich meine, das war sie doch bestimmt.

„Ist das die Longlasting-Linie?“, erkundigte sich eine der Damen.

„Ja, genau, ist er kussecht?“, wollte Mandy wissen.

Tja.

„Das kommt drauf an, wie wild Sie küssen.“

Mandy schenkte mir einen vielversprechenden Blick. „Sehr wild, Schätzchen. Ich hab ja jetzt die Scheidungspapiere.“

Toll, und jetzt?

„Wissen Sie was?“, schlug ich vor. „Ich werde ihn einfach mal demonstrieren. Haben Sie hier einen Spiegel?“

„Ja, im Bad“, juchzte sie und sprang auf.

Auch die anderen folgten mir. Das lief nicht ganz nach meiner Vorstellung. Ich hätte ihn lieber im Stillen probiert und ihnen das Ergebnis dann mitgeteilt. Hoffentlich war der blöde Stift kussecht.

„Bitte, hier, Schätzchen."

Ich stellte mich vor den Spiegel und sah, dass meine Wangen knallrot leuchteten, weil ich völlig nervös war. Mir war heiß und auch ein bisschen schlecht. Alles wirkte so unecht, als würde es mir gar nicht passieren, sondern jemand anderem. Doch die traurige Wahrheit war, dass ich höchstselbst hier stand und mich zum Affen machte. Zu einem Affen mit roten Lippen.

Sorgfältig trug ich die Farbe auf, denn ich hatte wenig Übung darin und wollte nicht über meine Lippen drüber malen. Erst recht nicht mit so einer grellen Farbe. Das Rot war dermaßen intensiv, dass ich fast einen Schreck bekam, als ich mein Spiegelbild betrachtete.

Mit meinen braunen Augen und meinen braunen Haaren war ich kein blasser Hauttyp. Aber mit dem grellen Rot rückte meine restliche Gesichtsfarbe regelrecht in den Hintergrund.

Als meine Lippen bestmöglich geschminkt waren, zupfte ich mir ein Blatt von der Klopapierrolle ab und presste es an meinen Mund. Ein dicker Abdruck blieb darauf zurück. Man hätte fast meinen können, dass ich jetzt keine Farbe mehr auf meinen Lippen hatte. Aber ein Blick in den Spiegel belehrte mich eines Besseren. Sie sahen fast unverändert aus. Trotzdem schauten mich die Damen enttäuscht an.

Ich überspielte meine Ernüchterung mit einem Lächeln. „Also, dieser Lippenstift ist zwar nicht kussecht, aber wie ihr sehen könnt, sieht er fabelhaft aus. Er verleiht euch die Dramatik der Fünfziger und Sechziger Jahre. Denkt nur an Marilyn Monroe, Marlene Dietrich oder Sophia Loren. Mit diesen Lippen werdet ihr auffallen und die Männer verzaubern.“

Sie nickten nachdenklich. Und schließlich hielten ihre anderen Lippenstifte doch bisher auch nicht stundenlang, oder?

„Es geht um den Wow-Effekt“, behauptete ich.

Sie wirkten noch etwas unentschlossen.

Also fuhr ich das letzte Geschütz auf, das mir von Cherrys Informationswust in Erinnerung geblieben war: „Außerdem ist er vegan und ohne Tierversuche hergestellt worden.“ Ich hob den Finger. „Schön sein ohne schlechtes Gewissen.“

„Oh, das finde ich prima“, fiepte eine Frau mit einer äußerst unnatürlich hohen Stimme.

Ihre Begeisterung schien ein paar andere anzustecken.

Trotzdem wollten manche noch immer die kussechte Variante haben. Damit blieben nur die anderen Lippenstifte in den schwarzen Hüllen übrig und ich pries sie so gut es ging an. Auf eine weitere Demonstration verzichtete ich jedoch. Schließlich waren meine Lippen jetzt schon bemalt und außerdem konnte ich nicht sämtliche von Cherrys schweineteuren Artikeln als Tester vergeuden.

Im weiteren Verlauf der Vorführung wurde ich mit Fragen gelöchert. Schließlich zog ich die Notbremse und verkündete, auf Toilette gehen zu müssen. Ich wollte wirklich nicht über alle Artikel wahllos Zeug erfinden. Deshalb rettete ich mich auf das stille Örtchen und holte mein Handy heraus, um Cherry anzurufen.

„Das ist ein totaler Notfall“, entschuldigte ich die

Störung, denn bestimmt hatte sie geschlafen. „Die sind wie die Hyänen und haben tausende Fragen. Wie war das mit der Flex-curled-Bürste?“

Sie ratterte ihre Infos über die innovative Technik und über die Zusammensetzung von Seidenproteinen und Bambusextrakten herunter. Dabei wurde ihre Stimme immer krächzender, bis ich fast nichts mehr verstand, gerade, als sie zum interessanten Teil kam.

„Hallo? Hallo?“

Aber sie war weg. Letztlich war nicht Cherrys Stimme schuld, sondern mein leerer Akku. Damit konnte sie mich nicht einmal mehr zurückrufen.

Mir würde also nichts anderes übrigbleiben, als mich an die gängigen Phrasen von Werbesendungen zu halten. Anders wusste ich mir nicht zu helfen. Ich raffte meinen Mut zusammen, strich das lächerliche Kostüm glatt und rieb dabei auch gleich noch meine verschwitzten Handflächen trocken. Dann trat ich wieder vor die Meute.

„Erklärst du uns das noch mal mit dem Bambus und der Seide?“, wurde ich sofort empfangen.

„Ähm ... ja. Also, diese Wimperntusche ist einzigartig. Eine völlig neue ... Neuerung. Ähm. Davon werden eure Wimpern stark wie Bambus ...“

Ich schaute in die irritierten Gesichter und ging lieber auf die Seide ein.

„... aber glänzend wie Seide.“

Dafür erntete ich ein paar angetane Gesichter. Ich war so froh, dass niemand hier mehr nüchtern genug war, um sich an meinem Gestammel zu stören. Den ganzen Abend schwitzte ich Blut und Wasser, während ich versuchte, keine Versprechungen zu machen, die von den Produkten später nicht eingehalten würden. Denn Cherrys größter Albtraum würde sicherlich eine Reklamationswelle sein.

Da ich nicht so offensiv an die Sache herangehen konnte, verkaufte ich sicher nicht halb so viel, wie Cherry das getan hätte. Drei Stunden später hatte ich es überstanden und schleppte mich in den unbequemen Stöckelpumps zurück zu meinem Wagen.

Das würde drei dicke Kreuze im Kalender geben. Endlich frei! Zum Glück brauchte ich morgen nicht zur Arbeit gehen. Nun konnte nichts mehr schiefgehen.

10

Ich fuhr direkt zu mir nach Hause. Zum einen, weil ich annahm, dass Cherry längst schlief. Es war halb elf, als ich nach Swanage zurückkehrte. Zum anderen, weil ich einfach nur noch aus diesen pinken Sachen und ganz besonders den unbequemen Schuhen heraus und in mein Bett hineinkriechen wollte.

Völlig erledigt stellte ich mein Auto ab und lief zu meiner Haustür, als sich plötzlich aus den nächtlichen Schatten der Straße ein Mann löste.

Ich bekam fast einen Herzinfarkt und blieb wie angewurzelt stehen. Überfälle standen in Swanage nicht unbedingt auf der Tagesordnung, aber ich hatte keine Lust, der Ausnahmefall zu werden. Vorsichtig ging ich rückwärts, während er immer näher kam. Erst als das Licht der Laterne auf ihn fiel, konnte ich aufatmen: Es war Rhys!

„Mister Sutton“, stammelte ich.

Was machte er denn hier? Und wieso musste er mich ausgerechnet in so einem Augenblick erwischen? Ich fühlte mich so schlimm wie ich aussah. Gemeiner konnte das Schicksal nicht mehr sein.

„Barbie?“, fragte er, als könnte er seinen Augen kaum trauen.

„Wer ist Bar…?“ Mitten in meiner Frage ging mir auf, dass er meine Aufmachung meinte. Ich hatte mich bisher eher als Paulchen Panthers kleine Schwester betrachtet. „Oh. Sehr witzig.“

Er legte den Kopf schief. „Also, mit dieser Vorliebe für Freizeitkleidung habe ich bei dir überhaupt nicht gerechnet.“

Ja, und ich hatte nicht mit ihm gerechnet. Seine Anwesenheit verursachte heftige Turbulenzen in meiner Gefühlswelt. Ich genoss es zwar, ihn zu sehen, und war erleichtert, dass er kein Triebtäter war, aber die sonstigen Umstände waren furchtbar. Außerdem hatte er die Trauzeugin vernascht. Das brannte wie Säure in mir.

Ich schüttelte den Kopf. „Das ist nicht meine Freizeitkleidung. Meine Schwester ist krank und ich musste für sie einspringen.“

„Als lebende Barbie?“

Barbie war doch wohl blond! Was sollte das?

„Nein, als Kosmetikverkäuferin“, stellte ich klar und hob zum Beweis meinen pinken Vorführkoffer mit dem Aufdruck der Make-up-Marke *Princess me*.

Nicht, dass das wesentlich besser gewesen wäre als seine Version.

„Dann hast du also noch einen kleinen Nebenverdienst.“

Ich schüttelte den Kopf. „Nein, ich sagte doch schon: Es ist für meine kranke Schwester.“

Sein Blick wurde schmal. „Sie hat doch nichts Ernstes,

oder?“

Irgendwie fand ich es ja süß, dass er so besorgt klang. „Nein, sie hat eine Bronchitis.“

„Aha.“ Er kam einen Schritt näher und verkürzte damit die Distanz zwischen uns.

„Jedenfalls bin ich deshalb für sie eingesprungen“, sagte ich nervös, während er mich musterte. Unbehaglich zupfte ich an meinem Oberteil. „Die Sachen sind nicht von mir. Wir haben nur dieselbe Größe, also ...“

Ich zuckte mit den Schultern. Der Rest lag auf der Hand und ich fühlte mich viel zu erschlagen, um alles haarklein zu berichten. Dass ich mich überhaupt erklären musste, war einfach beschämend. Besonders, weil er seine Wahl für eine andere Frau längst getroffen hatte. Nichts, was ich sagte, konnte daran etwas ändern. Er und die Trauzeugin ...

„Du musst deine Schwester sehr lieb haben, wenn du das mitmachst, Angel“, unterbrach er meinen Gedankengang.

Seine Worte klangen sanft, obwohl mein Anblick ihn amüsierte. Irgendwie wurde ich aus ihm nicht schlau. Am irritierendsten fand ich, dass er mich die ganze Zeit duzte und beim Vornamen nannte. Davon bekam ich Gänsehaut. Er spielte mit meinen Gefühlen und ahnte es nicht einmal.

Ich räusperte mich. „Haben Sie schon darüber nachgedacht, was Sie machen wollen? Wegen der Beschwerde, meine ich.“

Für einige Zeit blieb er still und musterte mich nur. Dann schüttelte er den Kopf, als würde er sich selbst wachrütteln. „Tut mir leid, ich bin noch von dem vielen

Pink irritiert."

„Sie machen sich über mich lustig!" Das war noch schlimmer als der peinliche Anruf. Dieser Mann gefiel mir viel zu sehr, als dass ich ausgerechnet von ihm verspottet werden wollte. Ich wollte bloß noch ins Bett. Und zwar schnell. Fast schon fluchtartig bewegte ich mich auf die Haustür zu.

Maddy hatte recht: Ich wollte viel zu viel. Rhys Sutton! Himmel, ich war so dumm.

Er setzte ein beschwichtigendes Lächeln auf. „Nein, ich …"

„Sie wissen wirklich, wie man einer Frau das Gefühl gibt, im Erdboden versinken zu wollen", versetzte ich und umklammerte meinen Schlüssel.

Meine Worte schienen ihn unerwartet treffen. „So war das nicht gemeint, Angel."

Mir war ganz flau im Bauch. Ich konnte jetzt nicht mit ihm scherzen, wenn ich es, statt lustig, nur verletzend fand.

Ich zeigte auf mein Kostüm. „Ich finde, ich habe mich heute genug blamiert. Und ich weiß selbst wie ich aussehe, auch ohne, dass Sie es mir noch mal unter die Nase reiben."

„Verdammt, Angel, ich bin nur hergekommen, weil du nicht an dein Telefon gehst", erklärte er.

„Der Akku ist alle!", erwiderte ich und rammte den Schlüssel ins Türschloss.

Abwehrend hob er die Hände. „Okay, das wusste ich nicht. Ich dachte, du ignorierst mich. Und das wollte ich nicht."

„Ah ja, weswegen plötzlich?" Er hatte doch sonst auch nichts von mir gewollt. Nein, stattdessen war er bei Miss

Abcott gelandet. „Weil das gegen ihre Forderung war? Aber ich gehorche ihnen nicht, nur weil ich mal betrunken angerufen habe. Ich hasse es, dass Sie etwas gegen mich in der Hand haben und mich das spüren lassen.“

Denn das war fast noch unanständiger als mein Anruf.

„Ich habe viel zu offen mit ihnen gesprochen und Dinge ausgeplaudert, die ich sonst nur für mich behalten hätte“, gab ich zu. „Mir ist klar, dass Sie mich für eine Witzfigur halten. Und das finde ich nicht besonders lustig, weil ...“

Ich schluckte und starrte auf die Türklinke.

Weil ich mich Hals über Kopf in dich verknallt habe.

„Weshalb, Angel?“

Er stand einfach nur da, tat nichts Falsches und nichts Richtiges. Aber das, was richtig für mich wäre, schien ohnehin nicht richtig für ihn zu sein. Ich hatte mir etwas vorgemacht mit meinen Schwärmereien, dass er mein Traumprinz sein könnte.

Oder noch viel schlimmer, ich war mir eigentlich sicher, dass er es für mich war, aber dass ich niemals in seine Vorstellungen passen würde. Schon gar nicht, wenn ich mich ständig bei ihm blamierte.

„Gute Nacht, Mister Sutton“, flüsterte ich, drückte die Tür auf und floh hindurch.

„Angel!“

Immer eine Stufe nach der anderen und nicht zurückblicken. Ich lief in meine Wohnung hinauf, warf die Tür ins Schloss und sank schluchzend zu Boden.

11

Heute war mein freier Tag und ich war so dankbar dafür, nicht ins Hotel gehen zu müssen. Besonders nach dem Drama der letzten Nacht. Mein Handy lud ich gar nicht erst auf, damit Rhys mich nicht anrufen konnte. Wieso hatte er mich gestern Abend überhaupt aufgesucht? Hatte er mir persönlich mitteilen wollen, dass er eine Beschwerde einleiten würde?

Seufzend ließ ich die Rollos ein Stück herunter, denn die Sonne brannte durch die Fenster und heizte meine Wohnung auf, obwohl es erst neun Uhr war. Es war ein perfekter Tag für den Strand. Die Schulferien hatten zwar schon begonnen, aber ich hoffte dennoch, dass an einem Montag weniger los sein würde als am Wochenende.

Kurzentschlossen ging ich meine Badetasche packen. Ich würde mir ein Buch einstecken, mich schön bräunen und im Meer schwimmen. Einfach machen, was mir guttat. Jawohl, ich würde abschalten. Die ganzen Sorgen und meinen Liebeskummer verdrängen.

Ich zog meinen Bikini aus dem Schrank hervor und hörte es klappern. Der Verschluss war auf den Boden gefallen. Er hatte sich schon mehrmals gelöst, aber ließ sich jedes Mal wieder richten.

Schnell fummelte ich den dünnen Stoffträger zurück durch die Öffnung des Plastikrings. Voilà! Saß wie angegossen. Ich konnte nämlich selbst Dinge reparieren und kam alleine klar, denn ich war ein großes Mädchen. Fast dreißig.

Ich zog meinen weißen Bikini an und betrachtete mich im Spiegel. Ein wenig gebräunt war ich bereits. Heute würde noch einmal etwas Farbe dazukommen. Das Weiß würde einen tollen Kontrast zu meiner Haut bilden. Außerdem liebte ich weiße Kleidung, selbst wenn ich blass wie Mozzarella gewesen wäre.

Zur Sicherheit trug ich etwas Sonnencreme auf, packte mir Anne Golons Liebesroman „Angélique“ ein und stopfte ein Handtuch sowie eine Sonnenbrille in die Badetasche. In die andere Hand nahm ich Cherrys pinken Koffer und machte mich auf den Weg zu ihr.

Ich fuhr mit dem Wagen, obwohl ihre Wohnung nur wenige Straßen von meiner entfernt lag, denn ich wollte ihn bei ihr stehenlassen. Zum Glück brauchte ich nicht lange zu klingeln, was mich hoffen ließ, dass sie schon seit einer Weile wach war. Aber als sie mir öffnete, stand sie wie ein Gespenst in der Tür.

„Süße, wie geht es dir denn jetzt?“, begrüßte ich sie.

Ihre Stimme klang leise: „Immer noch schlapp, aber das Fieber ist weg. Die Antibiotika werden sicher bald besser wirken.“ Sie winkte mich herein und stützte sich dabei an der Tür ab. „Danke, Angel. Ohne dich wäre ich nicht zum Arzt gegangen.“

Ich stellte ihren Produktkoffer im Flur ab und schüttelte den Kopf. Über den Unsinn ihrer Selbständigkeit würde ich mich erst mit ihr unterhalten, wenn sie genesen war.

„Cherry, ich will, dass du mir Bescheid gibst, wenn du Probleme hast. Ich bin immer für dich da. Das weißt du doch."

Sie schniefte. „Ach, Angel, ich habe doch dauernd Probleme."

Behutsam schob ich sie zurück in ihr Schlafzimmer, damit sie sich wieder hinlegte.

„Das ist egal. Ich meine, es ist natürlich nicht egal, aber du sollst dich trotzdem melden. Ganz gleich, wie oft das vorkommt. Und so lange dein Auto kaputt ist, kannst du meines nehmen. Es steht bei mir sowieso fast nur in der Garage, weil ich zur Arbeit laufen kann."

„Neben dir fühle ich mich wie eine Niete", jammerte sie. Cherry ließ sich von mir ins Bett bringen und zudecken wie ein kleines Kind.

Ihre Worte brachten mich ernsthaft zum Kichern. „Himmel, wenn du wüsstest, was bei mir alles schief läuft, dann würdest du das nicht sagen."

„Ich kann mir nicht vorstellen, dass bei dir etwas schief läuft. Du bist schließlich die Vernünftigere von uns beiden."

Jippie, was ich da für eine tolle Rolle übernommen hatte! Allerdings würde Rhys an dieser Stelle wohl Einspruch erheben.

„Wie lief es denn gestern?", wollte sie wissen. „Nach deinem Notruf habe ich nichts mehr von dir gehört."

„Entschuldige, mein Handy hat den Geist aufgegeben und bis ich zurück in Swanage war, hast du schon geschlafen."

„Also?", hakte sie nach. „Wie ist es gelaufen?"

Ich nickte zaghaft. „Es ging, aber es hätte besser sein können. Wie es scheint, fehlt mir das Talent dafür."

Wenigstens war ich nicht mit null Verkäufen heimgegangen.

Ich zählte Cherry auf, was ich an die Frau gebracht hatte, und gab ihr den Bestellschein. Sie starrte ihn an und war ziemlich still. Ich hatte sie schon lange nicht mehr so niedergeschlagen gesehen. Aber ich wusste ja, wie dringend sie die Einnahmen gebraucht hätte.

„Tut mir leid", entschuldigte ich mich. „Das hätte ich besser hinbekommen sollen."

Als sie endlich antwortete, sprach sie ganz tonlos: „Angel, ich habe noch nie so viel an einem Abend verkauft."

Was?

„Aber ..."

Das konnte doch unmöglich sein. Ich wusste gar nicht, was ich erwidern sollte. Kein Wunder, dass sie nicht über die Runden kam.

„Du hast das toll gemacht", beteuerte sie. „Danke."

Aufmunternd strich ich über ihren Handrücken. „Ach, Cherry, uns fällt schon was ein."

Sie nickte schwach, doch sie wirkte vollkommen verloren. „Ich bin ganz müde."

„Okay." Ich erhob mich von der Bettkante. „Wenn du was brauchst ..."

Sie lächelte matt.

„... zum Beispiel Moms Hühnerbrühe ...", schlug ich vor.

Jetzt lächelte sie noch mehr. So, dass es auch ihre

Augen erreichte.

„... dann komme ich sofort vorbei und bring dir eine Schale."

„Geht denn dein Handy wieder?", erkundigte sie sich.

Ups.

Die Idee, es nicht zu laden, war also doch nicht allzu schlau gewesen. Denn wenn ich damit Rhys aussperrte, tat ich es auch mit allen anderen.

„Noch nicht", räumte ich ein. „Aber ich werde es gleich heute Abend anschließen, sobald ich zu Hause bin."

Sie schaute mich interessiert an. „Was machst du denn jetzt noch?"

Ich strahlte sie an. „Nicht, dass du neidisch wirst, aber ich gehe an den Strand. Heute habe ich nämlich frei."

Wir verabschiedeten uns und sie wünschte mir viel Spaß.

Hm, Spaß. Das Wort hatte ich schon mal gehört. Vielleicht würde ich es in meinem Roman „Angélique" finden.

Nach einigen Kapiteln brauchte ich dringend eine Abkühlung. Ich hatte mich schon mehrmals vom Bauch auf den Rücken und wieder zurückgewälzt, um später nicht mit einer hellen Vorder- und einer roten Rückseite herumzulaufen, als wäre bicolor der neue Hauttrend.

Derweil hatte Angélique den Grafen Joffrey de Peyrac geheiratet und begonnen, seine Zuneigung zu erwidern. War ja klar, dass das in Büchern klappte. Obwohl das Alter sie trennte. Obwohl er entstellt war und hinkte. Obwohl sie ihn nur des Geldes wegen hatte heiraten müssen.

Statt mich abzulenken, holte die Geschichte mir

ständig Rhys zurück in meine Gedanken. In meiner Fantasie malte ich mir aus, dass ich Angélique war – jung, ungestüm und begehrenswert – und dass Rhys Joffrey war und mich unbedingt wollte.

Ich weiß: Haha, der war gut.

Frustriert klappte ich das Buch zu, zupfte meinen Bikini in Form und ging zum Wasser. Geld hatte ich nicht dabei und meinen Wohnungsschlüssel trug ich als Anhänger an einem Armband. Ich ließ nichts Wertvolles zurück.

Mein Strandtuch war an den Rändern schon ausgefranst und den Roman hatte ich auf dem Wühltisch eines Gebrauchtbücherladens entdeckt. Es lohnte sich vermutlich mehr, eine Banane zu klauen. Zum Anziehen hatte ich nur bequeme Bermudas, ein dünnes Shirt und Flip Flops dabei. An den Strand nahm ich nie teure Sachen mit.

Als ich den großen Zeh ins Wasser steckte, quiekte ich leise auf. Die Luft war heiß, doch das Meer war ziemlich kalt. Ich lenkte meinen Blick zum Horizont. Die Wellen leuchteten in einem trügerischen Goldblau, als wäre es warm wie in einer Badewanne. Alles eine Illusion.

„Brrr, kaltes Wasser so weit das Auge reicht“, murmelte ich und nahm meine ganze Selbstbeherrschung zusammen, um hineinzustaksen. Der Moment, in dem die kalten Wellen meinen Bauchnabel umspülten, fühlte sich am schlimmsten an. Ich hatte überall Gänsehaut, zog den Bauch ein und tauchte bis zum Hals hinein.

Ich schwamm los und malte mir aus, welche Tiere sich wohl um mich herum befanden. Bestimmt rosa Quallen, kleine Fische und einige Krebstiere im Schlick. Würmer!

Ganz sicher Würmer. Im Wattenmeer konnte man die doch ständig im Boden sehen.

Hier draußen waren keine anderen Badegäste mehr. Für eine Weile hielt ich inne, legte meinen Kopf in den Nacken, bis ich das Wasser an meiner Kopfhaut spürte, und schloss die Augen. Ich ließ mich einfach treiben und kostete den Moment aus.

Als ich die Augen wieder öffnete, blinzelte ich gegen das grelle Licht an. In meiner Nähe wippte eine Boje im Wasser. Allmählich war ich durchgefroren, aber bis dorthin könnte ich noch schwimmen, bevor ich umdrehte.

Ich stellte mir vor, dass ich Arielle, die Meerjungfrau, war. Von meinem wässrigen Reich aus konnte ich die Menschen beobachten. Der Strand war voll von ihnen, aber ich hatte schon schlimmere Tage gesehen, an denen die Bucht vor Swanage so übervölkert ausgesehen hatte, wie der goldgelbe Küstenstreifen von Rio de Janeiro.

Das Wasser wirkte geheimnisvoll und faszinierend. Gerade, als ich dachte, dass ich zu gerne mal ein Seepferdchen sehen würde, schwappte von hinten eine kräftige Welle heran und strudelte wie Eiswasser an meinem Körper entlang. Mir wurde richtig kalt. Sogar an den Brüsten.

Komisch, das fühlte sich seltsam an. Irgendwie anders, obwohl ich doch schon die ganze Zeit von Wasser umgeben war.

Verwundert blickte ich an mir herunter, und stellte fest, dass mein Bikinitop verschwunden war. Ich musste eine Weile hinsehen, um es zu glauben. Vor Schreck vergaß ich zu schwimmen und sank mit dem Kopf unter die Wasseroberfläche. Das Salzwasser drang in meine

Nase und brannte in den Augen.

Prustend kam ich wieder hoch. Igitt, ich hatte etwas davon verschluckt. Mit den Händen fuchtelnd, wischte ich mir eine Haarsträhne, die vor meinem Auge klebte, aus dem Gesicht.

Dann sah ich mich panisch um. Irgendwo musste mein Top doch sein!

Okay, jetzt bloß nicht durchdrehen. Ich atmete tief durch. Sicher gab es eine vernünftige Lösung. Plan A lautete ganz klar, das Oberteil einfach wiederzufinden. Ich schwamm herum und suchte die Wasseroberfläche danach ab. Das Top war so weiß wie die Schaumkronen. Sicher übersah ich es deshalb, obwohl es direkt vor meiner Nase schwamm. Hätte ich doch nur Cherrys Pink gekauft. Das würde herausstechen wie eine Signalflagge.

Aber so sehr ich mich auch umsah, die Silhouette des Stoffes wollte sich beim besten Willen nicht aus den glitzernden Wellen lösen. Das war nicht gut. Gar nicht gut. Bestimmt lag mein Bikini längst am Meeresboden oder trieb durch die Strömung immer weiter ab.

Als ich realisierte, dass ich auch durch permanentes Gucken und beschwörende Gebete nicht fündig werden würde, kroch die Panik zurück in mein Herz. Ich konnte doch so nicht aus dem Meer heraus! Da waren überall Menschen. Und ich hatte in den letzten Tagen genügend Peinlichkeiten erlebt, um meinen Bedarf für ein ganzes Jahr – ach was, für ein komplettes Leben – zu decken.

Waren denn nicht mal andere dran? Zum Beispiel diese Trauzeugin, die mir Rhys weggeschnappt hatte. Sie hatte sich mit ihm vergnügen dürfen und ich stolperte von einem Schlamassel in den nächsten.

Hatte ich im angetrunkenen Zustand vielleicht einen

Spiegel zerschlagen, ohne dass ich mich daran erinnerte, und mir nun sieben Jahre Pech aufgeladen? Arielle, der Meerjungfrau, wäre das sicher nicht passiert. Deren Muschel-BH hatte immer bombenfest gesessen.

Eine Möwe schrie in der Nähe, so wie es bei der kleinen Meerjungfrau auch eine Möwe gegeben hatte. Aber diese hier klang eher, als wollte sie mich auslachen. Das gemeine Biest!

Das fröhliche Lachen der Kinder am Strand hallte über das Wasser. Als ob die Welt noch in Ordnung wäre. Ich brauchte dringend einen neuen Plan, denn mir wurde immer kälter. Ich war reichlich erschöpft vom langen Schwimmen und die Suche nach meinem Bikinitop hatte viel Zeit gekostet.

Wenn die Kälte nicht gewesen wäre, hätte ich mich an der Boje festhalten und bis zur Dämmerung ausharren können, um mich im Schutz der Dunkelheit an den bis dahin fast leeren Strand zurückzuschleichen. Aber bevor das klappte, würde ich eine Unterkühlung erleiden.

Auch in den weißen Wolken fand ich keinen Rat. Sie schwebten über mich hinweg und waren unerreichbar. Eine Nebelwand wäre jetzt toll gewesen, doch so strahlend wie das Wetter war, würde auch das nicht geschehen.

Bibbernd starrte ich in den Himmel. Bitte, ich brauchte dringend ein Wunder!

꧁ 12 ꧂

Wenn ich doch nur den Mut besitzen würde, erhobenen Hauptes das Wasser zu verlassen und mir die Blicke der Leute egal sein zu lassen. Aber das wagte ich nicht. Weder vor möglichen Bekannten, die auch gerade am Strand sein könnten, noch vor Fremden. Ach, hätte ich doch lieber „Angélique" weitergelesen oder meiner Mutter dabei geholfen, für Cherry Hühnersuppe zu kochen. Aber nein, ich hatte Spaß haben wollen. Mensch, war das gerade lustig.

Betrübt schwamm ich weiter. Hinter den Felsen gab es noch eine andere Bucht. Womöglich war diese leerer. Besonders wahrscheinlich war das zur Hochsaison allerdings nicht. Nach etwa hundert Metern – oder vielleicht waren es auch nur zwanzig Meter, die sich wie hundert angefühlt hatten –, spürte ich, wie meine Arme immer kraftloser wurden.

Auch das noch.

Gerade, als ich beschloss, so nah an das Ufer heranzuschwimmen, dass ich wenigstens über den

Grund laufen und kleine Verschnaufpausen einlegen konnte, hörte ich aus der Ferne hinter mir das lärmende Geräusch eines Motors.

Mit klappernden Zähnen blickte ich über die Schulter zurück und sah umrahmt von grellem Sonnenlicht einen Mann auf einem Jetski. Er drehte in der Nähe ein paar Kreise und kam mir dabei immer näher. Zögerlich winkte ich ihm. Vielleicht könnte ich ihm meine missliche Lage schildern und er könnte mir etwas zum Anziehen holen.

Dann schien er mich zu sehen, denn er hielt plötzlich direkt auf mich zu als wäre er von der Seenotrettung. Sein Gesicht lag im Schatten. Erst, als er noch etwa zwanzig Meter von mir entfernt war, konnte ich ihn deutlich genug erkennen. Rhys Sutton!

Vor Scham wäre ich am liebsten an Ort und Stelle abgesoffen. Und anders als beim Erdboden, der immer so unnachgiebig war, könnte ich hier im Meer tatsächlich abtauchen. Verfolgte er mich etwa? Das wäre ganz schön übertrieben, bloß, weil ich nicht ans Handy ging. Während ich auf der Stelle schwamm und dabei Wasser trat, drosselte er sein Tempo, bis er neben mir stoppte.

Ich presste meine zitternden Lippen aufeinander, betete, dass meine Brüste nicht durch die Wasseroberfläche blitzten, und reckte, so würdevoll es ging, mein Kinn zu ihm hoch.

„Wenn das nicht Angel ist“, grüßte er mich mit einem charmanten Lächeln, das seine weißen Zähne enthüllte. Rhys’ blonde Haare waren gerade lang genug, um im Wind zu wogen wie ein Weizenfeld, und seine Schwimmweste gab den Blick auf gebräunte, kräftige

Arme frei. Er sah aus wie ein strahlender Held. Adonis auf einem Jetski. Schönheitsgott-Alarm.

Ich hingegen sah vermutlich aus wie ein Pudel im Ententeich. Zwar hatte ich mir Hilfe herbeigewünscht, aber nächstens sollte ich bei meinen Stoßgebeten wohl präziser werden. Es war doch sicher nicht zu viel verlangt, wenn ich mich zur Abwechslung mal vor jemandem blamierte, der mir gleichgültig war.

„Ein schöner Tag, nicht wahr?“ Ich versuchte, nicht mit den Zähnen zu klappern. Wahrscheinlich waren meine Lippen schon ganz blau.

„Du hast sehr auffallend gewunken“, plauderte er weiter, als wäre es nicht völlig grotesk, sich hier zu unterhalten.

„Ich winke allen Jetskifahrern.“ Zumindest könnte ich das künftig machen, dann wäre es gar nicht gelogen. Und ich würde definitiv auf den Nächsten warten. Bloß dumm, dass das hier gar keine Haltestelle für Jetskis war.

„Tatsächlich?“ Sein Blick wurde schmal und er musterte mich. „Du hast schon ganz blaue Lippen. Besser, du machst mal eine Pause mit dem Schwimmen.“ Dabei zeigte er zum Strand.

Das war fast eine gute Idee. Wenn hier wenigstens ein paar Algen herumtreiben würden, aus denen ich mir ein Bikinitop flechten könnte. Im Moment wären mir sogar zwei handtellergroße Quallen recht gewesen, um sie mir als Sichtschutz vor die Brüste zu drücken. Und ja, die Vorstellung war äußerst abstoßend. Igitt.

Trotzdem wollte ich nicht ausgerechnet Rhys erklären, dass ich hier halb nackt schwamm. „Keine Sorge, ich gehe gleich wieder lesen. Aber es ist gerade so schön.“

Schön kalt.

Und ganz *schön* peinlich.

Statt sich zu verabschieden und weiterzufahren, nahm er mich gründlich in Augenschein. So gründlich, dass ich am liebsten die Luft angehalten hätte und abgetaucht wäre. Nur so lange bis er weiterfuhr. Doch daran dachte er anscheinend überhaupt nicht.

Stattdessen legte er den Kopf schief und setzte seinen besten Plauderton auf: „Sag mal, schwimmst du eigentlich immer nackt?"

Hhhh! Abrupt sog ich die Luft ein.

„D... d... das ist, weil ... ja, weil ..." Ich wollte sterben. Jetzt gleich. Das war absolut entwürdigend. Bitte, bitte, lass mich aus diesem Albtraum aufwachen.

Erwartungsvoll wölbte er eine Augenbraue.

„... weil es so heiß war." Ich nickte und bemühte mich darum, das Zähneklappern zu kontrollieren. „Genau, mir war heiß."

„Und da ziehst du mitten im Meer deinen Bikini aus? Das ergibt doch wohl auch für dich keinen Sinn, oder?" Er rieb sich die Schläfen, als hätte er Kopfschmerzen. „Angel, was ist los?"

Okay, im Lügen war ich mit Pauken und Trompeten durchgefallen. Aber es war gar nicht so leicht, etwas Schlaues zu erfinden, wenn mein Körper langsam in Winterschlafstimmung verfiel.

„Es ist weg." Ich probierte so etwas wie ein Schulterzucken, aber es ging in meiner Schwimmbewegung unter. „Da kam eine Welle, mein Verschluss war kaputt und dann war mein Top verschwunden."

Ich konnte ihm deutlich ansehen, dass er sich ein

Grinsen verkniff.

„Und mir ist echt k... kalt.“

„Komm.“ Er hielt mir die Hand hin. „Ich ziehe dich raus.“

„Sind Sie verrückt? Ich hab nichts an!“

Zumindest obenrum. Sein Blick sagte mir deutlich, dass ihn das nicht störte.

„Holen Sie mir doch einfach mein Shirt vom Strand. Es liegt auf dem orangen Handtuch. Das Ding ist so grell, dass man es nicht verfehlen kann.“ Was auch genau der Grund dafür gewesen war, dass ich es gekauft hatte. Denn es bereitete mir nicht nur Schwierigkeiten, mir Cherrys Schminkprodukte zu merken, sondern meist auch, im Kopf zu behalten, wo ich was hingelegt hatte.

Weil Rhys nicht sonderlich überzeugt wirkte, fügte ich an: „Bitte.“

Er schnitt eine abschätzige Grimasse und schüttelte den Kopf. „Nee, ich lasse dich lieber nicht hier zurück.“

Wieder streckte er mir seine Hand entgegen. Er war echt stur.

„Ich w... werde auf keinen Fall nackt an den Strand gehen“, versuchte ich, ihm zu verdeutlichen. „Ich brauche doch was zum Anziehen.“

Konnte er das denn nicht verstehen?

„Ich gebe dir mein Shirt“, beruhigte er mich und zupfte am kurzen Ärmel, der unter seiner Schwimmweste herausschaute.

„W... warum nicht die W... Weste?“, bibberte ich.

Jetzt lehnte er sich mir ein wenig entgegen. „Weil ich die nachher wieder abgeben muss.“ Dann klopfte er auf den Lenker. „Zusammen mit dem Jetski. Mein Shirt kannst du jedoch anlassen.“

„Oh“, flüsterte ich.

„Na, komm“, lud er mich ein.

Allerdings war er noch komplett bekleidet.

„So können Sie mir das Shirt ja gar nicht geben, wenn Sie es noch anhaben.“

Entnervt rollte er mit den Augen, öffnete die Verschlüsse seiner Weste und zog sie aus. Anschließend streifte er sich das Shirt über den Kopf. Jetzt saß er mit nacktem Oberkörper auf dem Jetski und ich konnte nicht anders, als ihn anzustarren. Eigentlich hatte ich ja gerade Besseres zu tun. Frieren beispielsweise. Aber der Mann sah fabelhaft aus. Nackt erst recht. Und ein bisschen wärmer wurde mir allein davon, ihn zu betrachten. Er hängte die Weste und das Shirt an den Lenker, um die Hände frei zu haben. Dabei sah ich, wie sich die Muskeln an seinen Armen bewegten.

Jetzt hätte ich Madison brauchen können, damit sie vor meinen Augen schnipste oder mich in die Seite stupste.

„Ähm ...“, brachte ich heraus. „W...“

Wow.

Ich hielt mich gerade noch davon ab, es laut auszusprechen. Verlegen räusperte ich mich. „Kann ich jetzt das Shirt haben?“

Er lächelte wie ein zufriedener Kater. „Erst ziehe ich dich aus dem Wasser, sonst wird es nass. Und du frierst schon genug. Da will ich, dass du etwas Trockenes trägst.“

Das klang zwar logisch, doch an der Sache gab es einen gewaltigen Haken: „Dann sehen Sie mich doch nackt!“

Jetzt lächelte er auch noch. Entsetzt starrte ich ihn an.

„Okay, okay.“ Beschwichtigend bot er an: „Ich kann die

Augen zumachen."

Er reichte mir ein weiteres Mal seine Hand und dieses Mal nahm ich sie.

„Augen zu!", verlangte ich.

Rhys grinste und tat es. Immerhin. Ich packte auch mit der zweiten Hand nach seinem Arm und ließ mich von ihm hochziehen. Dabei hatte er Mühe, die Balance mit dem Jetski zu halten. Zwar schaffte er es, mich aus dem Wasser zu hieven, doch weil er nichts sehen konnte, landete bei der Rettungsaktion versehentlich seine Hand auf meiner Brust. Die Berührung traf mich wie ein Blitz und ich sog abrupt die Luft ein.

Rhys schien genau zu fühlen, was er da in die Finger bekommen hatte, denn er stieß ein zufriedenes „Hmmm" aus. Schnell wand ich mich aus seinem Griff und kletterte an ihm entlang, bis ich mit rasendem Puls hinter ihm auf dem Jetski Platz nahm.

Zum Glück befanden wir uns so weit vom Strand weg, dass keiner der Badegäste mich richtig sehen konnte. Und Rhys verdeckte mich zu einem Großteil.

Trotz des Zwischenfalls war ich sehr erleichtert, aus dem kalten Meer gerettet worden zu sein. Endlich hatte ich wieder etwas zum Anziehen. Und natürlich war es mir nicht egal, dass ich ausgerechnet *ihm* so nah war.

Als ich mir sein Shirt nehmen wollte, drehte er sich zu mir um, machte die Augen auf und schaute mich an. Vor Schreck wäre ich fast zurück ins Wasser gesprungen, doch er schlang seinen Arm um meinen Rücken und hielt mich fest.

„Hiergeblieben, Angel." Sein Blick wanderte über meinen Körper. Vor Scham lief ich rot an, doch er lächelte zufrieden. Erst jetzt gab er mir das Shirt.

Hastig zog ich es über und flüsterte: „Das war so nicht vereinbart."

„Manchmal lohnen sich die Dinge, die man nicht vereinbart hat." Von Reue war bei ihm keine Spur zu erkennen.

„Es macht bestimmt viel Spaß, mit ihnen Geschäfte zu machen", stichelte ich.

Er grinste anzüglich. „Mit mir machen viele Dinge Spaß."

Ich nieste, weil ich noch immer ganz verfroren war. Rhys hingegen war vollkommen unverfroren. In jeder Hinsicht.

„Bitte, bringen Sie mich zum Strand zurück."

Er seufzte. „Angel, nachdem ich dich berührt hatte, musste ich einfach hinsehen." Wieder blitzte dieses verschmitzte Lächeln bei ihm auf. „Übrigens habe ich gerade nichts an. Willst du vielleicht meine Brust ablecken?"

Ich stand ganz kurz davor, ihn von seinem eigenen Jetski zu werfen. „Hören Sie doch auf, immer alles noch peinlicher für mich zu machen."

„Ist nicht meine Absicht, Angel." Er zog sich seine Schwimmweste über. „Bereit für eine Fahrt?"

„Zum Strand? Ja, bitte."

Belustigt schüttelte er den Kopf. „Wir nehmen einen kleinen Umweg über die Abgabestelle." Er tippte auf seine Uhr. „Ich habe den Jetski nur für eine Stunde gemietet und die ist langsam um."

„Oh", hauchte ich.

„Danach bringe ich dich natürlich persönlich zu deinem Handtuch."

Ich schluckte. Eigentlich hätte ich auch mit dem Shirt

am Leib allein zurück zum Strand gekonnt. Aber er hatte mich gerettet und deshalb wollte ich mich nicht querstellen.

Ja, na schön, ein wenig lag es auch daran, dass ich gerne in seiner Nähe war.

„Ist das okay für dich?“, erkundigte er sich.

Ich nickte stumm. Mehr als okay.

„Dann halte dich gut fest, Angel. Das Ding hat Power. War übrigens ein toller Freizeitvorschlag von dir.“

Ich freute mich darüber, dass er eine meiner Empfehlungen für seinen Swanage-Aufenthalt umgesetzt hatte. Obendrein hatte er mich damit gerettet, denn sonst würde ich vermutlich immer noch durch das Meer schwimmen und mir das Hirn darüber zermartern, wie ich aus der Oben-ohne-Sache wieder herauskam.

Scheu legte ich meine Hände an seine Seiten.

„Wenn ich wie eine Oma fahren würde, dann würde das reichen, aber du musst dich schon besser festhalten. Ich beiße auch nicht.“ Er griff nach meinen Händen, zog mich ganz nah an sich heran und schlang sich meine Arme um den Bauch.

Wahnsinn! Ich klebte regelrecht an ihm. Es war herrlich, ihn zu spüren. Ich lehnte meinen Kopf an seinen Rücken, schloss die Augen und genoss diesen sagenhaften Moment. Es fühlte sich an, als wäre ich angekommen. Bei ihm. An seiner Seite könnte ich in alle Ewigkeit so selig sein.

„Gut festhalten“, erinnerte er mich erneut. Dann ließ er den Motor des Jetskis aufbrummen und gab Schub.

Ich quiekte auf und klammerte mich noch fester an ihn. Mit einem Affenzahn brauste er über das Wasser und vollführte dabei Schlenker und Kreise, um aus der

Fahrt zum Bootsanleger ein echtes Ereignis werden zu lassen.

Es machte unglaublich viel Spaß. Ich lebte schon mein ganzes Leben hier, aber bisher war ich nie auf die Idee gekommen, mir einen der Jetskis auszuleihen.

Das würde sich ändern.

Der Anleger rückte immer näher. Gleich würde ich Rhys loslassen müssen. Ich wünschte, ich könnte es hinauszögern. Nur noch ein bisschen ...

ൿ 13 ൽ

„Na, hat es dir gefallen?", wollte er wissen.

Wir hatten seinen Jetski abgegeben und liefen nun den Steg zum Ufer entlang. Das Meer erzeugte blubbernde Geräusche, als es in Wellen gegen die Pfeiler schwappte. Die Luft war erfüllt vom Duft nach Sonne und Salz. Rhys lief mit nacktem Oberkörper an meiner Seite, weil ich sein Shirt trug und er die Weste beim Verleih abgegeben hatte. Ich konnte mich nicht sattsehen an ihm. Alles könnte perfekt sein. Doch seit ich ihn hatte loslassen müssen, fühlte ich mich ganz leer.

Ich blieb stehen, einfach, weil ich nun eine Antwort wollte. Unbehaglich zupfte ich am Saum seines T-Shirts, dass mir bis knapp über den Po reichte.

„Haben Sie sich eigentlich schon entschieden, Mister Sutton?"

Sein Kopf ruckte zu mir herum, als hätte ich ihm diesen gerade ausgerenkt. „Wie bitte?"

„Die Beschwerde ..."

Er baute sich vor mir auf, sah mich ernst an und

nickte. „Ich glaube, ich muss da mal was zwischen uns klarstellen.“

Unvermittelt fasste er nach meinem Gesicht, so schnell, dass ich völlig überrumpelt war und mein Herz ins Stottern geriet. Sein hellblauer Blick traf mich und ich erkannte ein Feuer darin, das ich nie zuvor gesehen hatte. Er ließ es mich sehen. Ließ mich ahnen, was er vorhatte. Und als ich nicht panisch schrie, beugte er sich zu mir herunter und küsste mich.

Im ersten Moment, als sich unsere Lippen berührten, erstarrte ich. Die Zeit hielt an und Sterne tanzten vor meinen Augen, weil die Gefühle in mir explodierten wie ein Feuerwerk zu Ehren der Queen. Das waren die Dinge, die nie passierten. Die Träume, die man heimlich hatte, so lächerlich sie auch waren, weil sie eine Hoffnung nährten, die nie dazu bestimmt war, sich zu erfüllen.

Doch Rhys streichelte meine Wange und küsste mich so sanft und geduldig, bis ich aus meiner Starre erwachte und begriff, dass es echt war: Rhys küsste mich. Er küsste mich! Es war wie der wunderschöne Zauber alter Märchen, wie ein Lied in meinem Herzen.

Völlig überwältigt legte ich meine Hände auf seine Schultern und glitt mit ihnen zu seinem Nacken hinauf. Als ich seine Zärtlichkeit erwiderte, zog er mich an sich und wurde ungestümer.

Seine Lippen strichen über meine und er raunte meinen Namen. „Angel ...“

Ich spürte seine nackte Haut unter meinen Händen. Sein Körper war so warm und stark. Ich sank in seine Arme und klammerte mich an ihn. Es fühlte sich himmlisch an.

„Das hätte ich längst tun sollen“, flüsterte er in seinen Kuss.

Die Gefühle in meinem Herzen fuhren Karussell und naschten von rosaroter Zuckerwatte. Doch dann brachte ein Gedanke in mir das Karussell zum Anhalten. Denn das Tempo, mit dem er bei Frauen landete, ließ es für ihn vermutlich nur gewöhnlich wirken, was mir wie pure Magie erschienen war.

Ich wand mich aus seinem Kuss und drückte ihn von mir fort.

„Angel, was ist denn los?“ Er wollte nach mir greifen, doch ich wich zurück.

Das Blut rauschte mir in den Ohren und ich fühlte einen Knoten in meiner Brust, aber ich musste ihm diese Frage stellen. Und bei dem Thema konnte ich mich nicht dazu durchringen, ihn beim Vornamen zu nennen, obwohl wir uns geküsst hatten. Ich konnte es ohnehin kaum fassen, dass das passiert war.

„Sagen Sie, Mister Sutton, wie viele Frauen brauchen Sie denn eigentlich?“

Eben hatte Rhys sich noch zu mir vorgebeugt, doch jetzt richtete er sich zur vollen Größe auf und wirkte verschlossen. Bei meiner förmlichen Anrede hatte ich sogar sein Augenlid zucken gesehen.

„Die Gespräche mit dir sind irgendwie immer ein bisschen merkwürdig, aber ich bin nicht polygam, falls du das meinst.“

Ich schüttelte den Kopf und sammelte mich. Allerdings war das verflucht schwer, denn der Mann hatte mir die Knie weich geküsst. „Nein, ich rede von Miss Abcott.“

In seinem Gesicht stand nichts als Ratlosigkeit. „Von wem?“

Fassungslos warf ich die Hände in die Luft. Kannte er denn nicht einmal die Namen der Frauen, mit denen er schlief?

„Na, die Trauzeugin“, half ich ihm auf die Sprünge.

„Sybill?“ Er zuckte die Schultern. „Ich wusste gar nicht, dass sie Abcott heißt.“ Sein Blick fixierte mich, so als würde er mir Ketten anlegen. „Was soll mit ihr sein?“

Bei meinem nächsten Satz, war es gut, ihn zu siezen, weil ohne diese Distanz sicher Risse in meinem Herzen entstanden wären. „Immerhin haben Sie auf der Hochzeit mit ihr geschlafen. Und kaum ist sie weg, küssen Sie mich!“

„Hat sie das etwa behauptet?“

Ich schluckte gegen den beißenden Geschmack in meiner Kehle an. „Es spielt doch keine Rolle, ob sie offen damit umgeht.“

Rhys machte einen zornigen Schritt auf mich zu und packte mich bei den Schultern. „Verdammt, Angel, ich habe mit der Frau nichts angestellt! Wie kommt sie darauf, so was zu verbreiten?“

Ich konnte kaum glauben, was er da sagte. Vor Erleichterung bekam ich nur ein Flüstern heraus: „Haben Sie nicht?“

Er schüttelte den Kopf und schnaubte grimmig. „Nein, sie hat mich zwar angegraben, aber sie hat mich nicht interessiert. Ich hätte nie gedacht, dass sie so auf meine Abfuhr reagiert. Mit der werde ich mal dringend ein paar Takte reden ...“

Ups.

Hastig legte ich ihm die Hand auf die Brust, als wollte er direkt zur Tat schreiten und als müsste ich ihn deshalb aufhalten. Ich konnte seinen Herzschlag spüren.

Er war kräftig und schnell, aber das war kein Wunder, denn Rhys wirkte in jeder Hinsicht aufgebracht.

„Vielleicht warten Sie besser damit."

„Und weswegen? Weil Männer etwa keinen Ruf zu verlieren haben?", ächzte er und schnitt eine Grimasse.

Ich gluckste, doch er schaute so ernst, als gäbe es gleich ein riesiges Donnerwetter, dass ich umgehend eine Entschuldigung murmelte.

„Dieses Weib hat mit ihrer Behauptung unseren Kuss ruiniert." Dabei fuchtelte er mit dem Finger zur Seite, als stünde sie genau dort. „Du hast dich doch wegen ihrer Behauptung von mir losgerissen, oder nicht? Und dafür verdient sie eine saftige Standpauke."

Seine Kiefer mahlten aufeinander und sein Blick war so stahlhart, dass ich ihn lieber niemals wütend machen wollte.

Verlegen schaute ich zu Boden. „Ich glaube, ich habe da was durcheinander gebracht."

„Wie bringt man denn so einen Kommentar durcheinander?"

„Tja ..." Ich leckte über meine plötzlich ganz trockenen Lippen. „Sie hat eigentlich nur gesagt, dass sie ihr Zimmer in der letzten Nacht nicht gebraucht hätte", räumte ich ein, obwohl ich so was im Grunde gar nicht erzählen durfte. Aber mir war es wichtiger, dass Rhys wusste, wie es zu dem Irrtum gekommen war, als meine Diskretion in Bezug auf Rezeptionsgeplauder zu wahren.

„Na ja, und da dachte ich ..." Ich stockte und suchte seinen Blick. „Weil ihr doch ... Ich meine, weil sie sich doch bei ihnen ..."

Er stöhnte und rieb sich die Stirn.

„Tut mir leid."

„Und wie mir das erst leidtut", grummelte er. Er stieß den Atem aus und legte seine Hand unter mein Kinn. Dann strich er mit dem Daumen über meine Unterlippe. Ich konnte sehen, wie er in Gedanken unserem Kuss nachhing, und mein Herz machte einen freudigen Sprung.

Weder hatte er etwas mit dieser Frau gehabt, noch wollte er sie. Aber anscheinend wollte er dafür mich. Mich! Am liebsten hätte ich laut gejubelt und im Kreis getanzt, doch das würde warten müssen, bis ich allein zu Hause war.

„Musst du mich denn immer noch ‚Mister Sutton' nennen, Angel?", seufzte er. „Wenigstens nach unserem Kuss hätte ich gedacht, dass du zu Rhys übergehst."

Ich grinste ihn frech an, denn plötzlich fühlte ich mich leicht wie eine Feder. „Oh, Mister Sutton, was werden Sie denn eigentlich wegen der Beschwerde unternehmen?"

Er griff nach mir und zog mich in eine Umarmung zu sich.

„Das überlege ich mir noch", behauptete er. Doch ich wusste, dass er sich nicht beschweren würde.

„Rhys", flüsterte ich und legte meine Wange an seine Brust.

„Na, endlich." Er gab ein zufriedenes Brummen von sich, das durch seine ganze Brust vibrierte. Ich konnte es genau spüren.

Unweigerlich musste ich an unser Telefonat zurückdenken und an all die kleinen Geständnisse, die ich ihm gemacht hatte. Ich hielt ihn ganz fest und lächelte.

Konnte es sein, dass wir doch noch zusammenkommen

würden?

„Was hast du eigentlich gedacht, als ich dich angerufen habe?“, flüsterte ich.

Sein Brustkorb bebte, weil er leise lachte. „Ich hatte schon geschlafen und du hast mich geweckt. Ich dachte, das muss ein Streich sein. Aber dann kanntest du meinen Namen und hast diese Dinge erzählt.“

„Tja, also, ich war ein bisschen betrunken.“ Und obendrein hatte Madison mich angefeuert.

„Das alles wäre viel süßer gewesen, wenn ich gleich gewusst hätte, dass du dahinter steckst.“ Er küsste mein Haar und grinste. „Aber es hätte auch eine matronenhafte Schreckschraube sein können, also hielt sich meine Begeisterung in Grenzen. Besonders, wenn ich mir vorstellte, dass so eine mich abschlecken will.“

Dicht an dicht stand ich mit ihm in dieser Umarmung und seine nackte Brust befand sich direkt vor mir auf Augenhöhe. Ich weiß nicht, welcher Teufel mich ritt, doch ich kicherte, küsste seine Haut und ließ spontan meine Zunge darüber gleiten.

꧁ 14 ꧂

Eigentlich hätte er damit rechnen können, doch ich spürte wie er vor Überraschung erstarrte und dann einen stöhnenden Laut ausstieß.

„Himmel, Angel, wenn du willst, dass wir unser erstes Date vor unserem ersten Sex haben, solltest du das besser bleiben lassen."

Bei seinen Worten bekam ich Gänsehaut und wildes Herzkribbeln. Ich ließ von seiner Brust ab und sah ihn an. Während ich es scherzhaft gemeint hatte, stand bei ihm erneut dieses Feuer in seinen Augen, und diesmal brannte es noch heftiger. Rhys reagierte ziemlich eindeutig auf diese Form von Berührung. Ganz egal, ob sie als Zärtlichkeit oder bloß als Spaß gedacht war. Wie kam ich auch auf die Idee, dass das ein kleiner Scherz sein könnte?

Madison hätte mich vermutlich für meine Arglosigkeit geneckt und gesagt: *„Angel, wenn eine Frau einem Mann mit der Zunge über die nackte Brust leckt – ist dein erster Gedanke da harmlos?"*

Ich spürte, wie meine Wangen glühten und schlagartig wurde mir der Geschmack seiner Haut auf meiner Zungenspitze bewusst. Herb und leicht salzig. Definitiv sexy und männlich. Und keines der Wörter, die mir jetzt noch dazu einfielen, hatten etwas mit komisch, unschuldig oder taktvoll zu tun.

„Das war kein Verführungsversuch", stammelte ich.

Er grinste nur und schüttelte den Kopf. „Was mache ich nur mit dir? Komm, lass uns deine Strandsachen holen."

Ich nickte und er nahm meine Hand. In meinem Kopf kreisten jedoch noch immer seine Worte, besonders eines: Sex. Wie seine Haut schmeckte, wusste ich nun schon. Begierig klammerte ich mich an seine Hand und wollte ihn nie mehr loslassen.

Rhys lachte. „Süße, du hast einen Griff wie eine Eisenzange. Hast du noch nie Händchen gehalten?"

Ich hatte ja das dumpfe Gefühl, dass er sich mal wieder über mich lustig machte. Aber womöglich waren solche Scherze einfach seine Art, unbeschwert zu sein. Und ich selbst hatte nun auch nicht gerade ein Händchen für Angemessenheit bewiesen.

„Tut mir leid." Ich lockerte meinen Griff.

Es war nur, dass ich unbedingt mit Rhys zusammen sein wollte. Er war mein Mister Perfect. Der Mann, der sozusagen zu mir und meinem Brauttraum passte, wie der verlorene Schuh an Cinderellas Fuß gepasst hatte. Wie angegossen.

Wir schlenderten an der Promenade entlang wie ein verliebtes Paar. Und zumindest von meiner Seite her stimmte das auch. Ich hätte zu gerne mal in seinem Kopf nachgeschaut, was da vor sich ging.

„Gefällt dir Swanage denn?“, versuchte ich, ihm ganz unauffällig einige Informationen zu entlocken.

Vielleicht würde er bereit sein wiederzukommen, falls er es mochte.

Er lächelte mich von der Seite an und stupste seine Schulter gegen meine, wofür er sich etwas herunterbeugen musste. „Es gefällt mir sogar immer besser.“

Wenn ich seinen Blick richtig deutete, hatte er mir soeben ein Kompliment gemacht. Ich grinste ihn an wie ein Honigkuchenpferd. „Wieso warst du neulich Abend eigentlich vor meiner Haustür? Ich meine, woher wusstest du, wo ich wohne?“

Er zuckte die Schultern. „Na ja, du bist nicht an dein Handy gegangen, also habe ich im Telefonbuch nachgeschaut, um es unter einer anderen Nummer zu probieren. Da habe ich dich aber auch nicht erreicht.“

Kein Wunder, denn nach der Arbeit war ich noch mit Cherry beim Arzt gewesen und anschließend bei der Vorführung.

„Und dann bist du einfach bei mir vorbeigegangen?“

Er nickte. „Im Hotel hieß es, dass du schon Feierabend und heute sogar ganz frei hättest. Ich wollte einfach nicht bis morgen warten. Und deine Adresse stand auch im Telefonbuch. Außerdem hatte ich nichts anderes vor, denn die Hochzeit ist ja schon vorbei.“

Wenn ich geahnt hätte, dass er bei mir vorbeikommen würde, dann hätte ich mich dieses pinken Kostüms entledigt. „Was hast du denn von mir gewollt?“

Für einen Moment blieb er still. Dann gab er zu: „Dich.“

Ich schluckte und fühlte mich wie auf Wolken.

„Ich wollte dich nach einem Date fragen“, fuhr er fort. „Und da du behauptet hast, auf mich zu stehen, habe ich gehofft, dass du ja sagst.“

Erleichtert schaute ich zu ihm auf. „Dann war mein Anruf bei dir doch nicht so blöd?“

Rhys schüttelte den Kopf. „Nein, er hat alles verändert.“

Ich hätte nie geglaubt, es einmal so sehen zu können, aber: „Zum Glück bin ich betrunken gewesen.“

Die ganzen Tage hatte ich mich für den Blödsinn, den ich ihm erzählt hatte, verflucht. Dafür, dass ich so gewiss jede Chance, bei ihm zu landen, verspielt hatte. Stattdessen hatte mein Anruf alles erst ins Rollen gebracht.

Rhys lachte los.

„Oh je, habe ich das etwa laut gesagt?“

Er lachte noch mehr und nickte. „Ja, aber es ist echt süß, was du so von dir gibst. Hör nicht auf damit.“

„Ich weiß nicht, du bringst mich einfach durcheinander“, erklärte ich. „Und dann erwischst du mich immer in solchen Momenten.“

„Ah, und was sind das für Momente?“

Ich zuckte die Schultern, aber seine Hand ließ ich dabei nicht los. Ich wollte ihn für immer festhalten. „Na, zum Beispiel das pinke Kostüm.“

„Ach, das war nicht so schlimm. Damit konnte ich dich nicht übersehen. Wie geht es eigentlich deiner Schwester?“

Das hatte er also nicht vergessen. „Sie ist immer noch schlapp, aber wenigstens ruht sie sich aus und nimmt ihre Medizin. Sie wäre sonst mit Fieber arbeiten gegangen.“

„Und was genau hast du für sie erledigt?“

Ich stöhnte. Das war auch so eine peinliche Episode gewesen. Wenigstens hatte Rhys mich dabei nicht erlebt. „Ich musste Schminke auf einer Scheidungsparty verkaufen. Dabei habe ich überhaupt keine Ahnung von den Artikeln und diese Frauen haben mich ausgequetscht, wie eine Kuh die keine Milch geben will.“

„Da wäre ich zu gerne dabei gewesen.“

Erschrocken schüttelte ich den Kopf. „Nein, nein, du musst nicht alle peinlichen Momente meines Lebens kennen. Sonst bekommst du einen völlig falschen Eindruck.“

Er hatte dieses Lächeln, das so warm war, dass ich wie eine Kugel Eis in der Sonne dahinschmolz. „Ich glaube, ich kann gar nicht genügend Momente deines Lebens kennen, Angel. Ob peinlich oder nicht.“

Wenn ich nicht schon längst in ihn verliebt gewesen wäre, dann wäre es jetzt um mich geschehen.

Gut gelaunt blieb ich an einem der Stände für Strandsachen an der Promenade stehen, denn in der Auslage befanden sich unter anderem Bikinis. Es gab sie in allen Farben des Regenbogens und zum Glück auch in weiß.

„Meiner ist doch weg“, erklärte ich Rhys und nahm den Bikini in die Hand. Das Material fühlte sich gut an und er war im Brustbereich gefüttert. Ganz wichtig bei weiß.

Rhys schaute sich ein paar Modelle mit mir an. Dann nahm er ausgerechnet einen knallpinken Bikini hoch. „Schau mal, der ist bestimmt was für dich.“ Mit einem Grinsen fügte er an: „Barbie.“

Natürlich neckte er mich damit so wie gestern Nacht, aber dieses Mal wollte ich weder im Boden versinken, noch durch eine Tür vor ihm fliehen.

„Ich haue dich gleich“, scherzte ich. Dann zeigte ich auf meinen Wunschbikini. „Ich nehme wieder einen Weißen. Ich liebe weiß.“

„Du heißt ja auch Angel“, stimmte er zu. „Ein Engel in Weiß.“

Allein für diesen Satz hätte ich ihn küssen können. Ich strahlte bis über beide Ohren und kaufte mir den neuen Bikini. Das war sowieso praktisch, weil ich keinen BH eingepackt hatte und etwas zum Drunterziehen für mein Shirt brauchen würde.

Im Augenblick trug ich noch das von Rhys. Es war aus einem festen Baumwollstoff und blickdicht. Unter meinem eigenen Oberteil würde man jedoch sofort erkennen, wenn ich keine Unterwäsche trug. Nicht, dass das Rhys stören würde. Schließlich hatte er mich schon auf dem Jetski unter die Lupe genommen. Allein die Erinnerung daran, bescherte mir ein irrwitziges Kribbeln im Bauch. Aber außerdem hatte er auch von einer Verabredung gesprochen.

„Haben wir denn jetzt wirklich ein Date?“, fragte ich ihn.

„Das hoffe ich doch.“

Mir rutschte ein glückliches Seufzen heraus. Ups.

Rhys wirkte sehr zufrieden und wackelte mit den Augenbrauen. „Du stehst auf mich, hm?“

Ich nickte stumm.

Und dann schenkte er mir jenes warme Lächeln und nickte ebenfalls. Wir brauchten gar nicht viele Worte. Ja, er stand auch auf mich. Die Sonne am Himmel strahlte mit dem Glück in meinem Herzen um die Wette.

ꕤ 15 ꕤ

„Kannst du das mal halten?“, bat ich ihn.

Wir hatten mein Handtuch und die Badetasche geholt. Jetzt wollte ich mich umziehen und stand mit einem Fuß schon in der Tür zur öffentlichen Damentoilette.

Rhys nahm mir meine Tasche ab und ich ging nach drinnen in eine der Kabinen. Schnell zog ich mich aus und schlüpfte in den neuen Bikini. Er saß wunderbar und der Verschluss war ordentlich festgenäht. Trotzdem würde ich wahrscheinlich bei den nächsten zwanzig Malen, wenn ich schwimmen ging, bei jeder Welle befürchten, dass ich erneut so eine Panne erlebte. Allerdings war es keine Option, künftig einfach zwei Bikinis übereinander zu ziehen, nur um auf Nummer sicher zu gehen.

Vor dem Spiegel an den Waschbecken kämmte ich meine Haare mit den Fingern durch. Eine Bürste wäre echtes Gold wert gewesen, besonders bei meinen langen Haaren. Nach dem unfreiwillig ausgedehnten Bad im Meer und einer windigen Fahrt auf dem Jetski sahen sie ganz strähnig und wild aus. Ich zupfte sie so gut es ging in Form. Zum Glück wusste Rhys, dass ich nicht immer aussah, als wäre ich bei Regen drei Stunden Motorrad ohne Helm gefahren.

Aber so desolat meine Frisur auch war, mein Gesicht strahlte regelrecht. Trotz des leichten Sonnenbrandes, der sich an meinen Wangen und dem Nasenrücken abzeichnete. Trotz der Müdigkeit vom Schwimmen im Meer. Es lag an meinen braunen Augen. Ich sah mich selbst im Spiegel und erkannte den Ausdruck einer frisch Verliebten darin. Natürlich wollte ich Rhys schon seit seiner Ankunft. Doch zuvor war stets alles schief gelaufen. Der Kuss hatte alles verändert. Auch wenn ich dumme Nuss ihn vor lauter unbegründeter Eifersucht abgebrochen hatte. Er hatte mich dennoch geküsst.

Glücklich trat ich zurück vor die Tür und erspähte Rhys zehn Meter entfernt unter einem Baum im Schatten. Er hatte es sich dort auf einer niedrigen Mauer bequem gemacht und schmökerte in meinem Buch. Verwundert zog ich die Augenbrauen hoch.

„Lass mich raten“, sagte ich, während ich auf ihn zuging. „Du hättest nicht damit gerechnet, dass ich solche Sachen wie ‚Angélique‘ lese.“

Rhys zwinkerte mir zu und tippte auf das Buch. „Im Gegenteil. Ich hätte gedacht, dass du genau so etwas liest.“ Er klappte es zu und steckte es für mich zurück in die Badetasche.

Ich händigte ihm sein T-Shirt aus, auch wenn es ein echter Jammer war, dass er es sich nun wieder anziehen würde. „Danke nochmal.“

„Kein Problem.“ Er stand auf und streifte es über. „Eigentlich bin ich ganz froh, dass du deinen Bikini verloren hast. Mir würde der heutige Tag sonst echt fehlen.“

Also, falls wir wirklich ein Paar werden würden, könnte ich mich mit dem Schreckerlebnis im Meer ebenfalls anfreunden. Im Augenblick war mir jedoch noch nicht so ganz klar, ob Rhys mich einfach bloß für die Dauer seines Aufenthalts treffen wollte, was klassisch für Urlauber war, oder ob er sich eine richtige Beziehung mit mir vorstellen konnte, die diese Woche überdauerte. Ich hatte schon so viele Geschichten an der Rezeption mitbekommen, dass ich nicht mit weit geöffnetem Herzen ins Messer laufen wollte.

Natürlich hätte ich ihn am liebsten direkt danach gefragt, aber das wäre viel zu vorschnell. Maddy erklärte mir schließlich immer, dass ich mit solchen Themen Verzweiflung verströmen würde, die kein Mann attraktiv fand.

Allerdings war es ziemlich schade, dass ich mich mit solchen Überlegungen herumschlagen musste, statt meinem Herzen vorbehaltlos folgen zu können. Liebe war so kompliziert, wo sie hätte einfach sein sollen. *Ich mag dich. Du magst mich. Wollen wir zusammenbleiben?* Warum funktionierten solche Gespräche nicht?

„Ich weiß nicht wie es dir geht, aber ich habe einen Riesenhunger“, erklärte Rhys. „Was hältst du davon, wenn wir uns ein schönes Restaurant suchen?“

Der Gedanke an Essen war nicht so verkehrt. Im Moment wollte ich vor allem einen Liter Cola trinken, denn vom Frieren im Meer war ich nahtlos zum Schwitzen an Land übergegangen. Obendrein hatte mich das lange Schwimmen ziemlich ausgelaugt.

Ich nickte. „Ja, gerne."

„Da ich mich hier nicht auskenne, wirst du wohl unsere Reiseleiterin sein. Bestimmt kannst du etwas empfehlen." Er zwinkerte. „Ich mag deine Empfehlungen."

Stimmt, das mit dem Jetski hatte er ja auch gemacht.

„Also, ich kenne da ein tolles Restaurant, aber ..."

Es war ziemlich hochpreisig und ich wollte mein Geld lieber für Cherry als Reserve behalten.

„Aber?", hakte er nach.

„Wir sind dafür nicht hübsch genug angezogen", erklärte ich. „Lass uns etwas Einfacheres nehmen. Du bist hier an der Küste. Wie wäre es mit einem Fischrestaurant?"

Er lachte, rieb sich den Nacken und schüttelte den Kopf. „Tja, ich stehe nicht so besonders auf Fisch."

„Pizza?"

„Wenn du beides nicht kombinieren willst ..."

Ich grinste und winkte ab. „Nein, keine Sorge. Es ist nur ein Italiener mit Pizza und Pasta. Er befindet sich gleich dort hinten."

Auf dem Weg dorthin kamen wir allerdings auch an meinem teuren Lieblingsrestaurant vorbei.

„Hier sieht es auch gut aus", fand Rhys.

Ich nickte. „Ja, das ist das Teure, von dem ich dir erzählt habe."

Sein Blick wurde schmal. „Von teuer hast du eigentlich nicht direkt gesprochen."

Ähm.

„Und die Leute da drin sehen jetzt nicht viel vornehmer aus als wir."

Für ihn mochte das stimmen, aber ich besaß kaum

schlechtere Kleider, als die, die ich am Leib trug. Und erst meine Haare ... Ich wollte ja nicht klingen wie diese pingeligen Frauen, aber ich versuchte, nach Möglichkeit gepflegt auszusehen.

„So kann ich da nicht reingehen“, beteuerte ich. „Ich sehe aus, wie ein struppiger Hund.“

Rhys legte den Kopf schief. „Ist es das oder der Preis? Falls es nämlich daran liegen sollte ...“

„Es ist beides“, gab ich zu.

Er grinste mich an. „Da schaffen wir doch sofort Abhilfe.“

Wir hielten uns noch immer bei den Händen und er zog mich mit sich davon zu einem kleinen Supermarkt in der Nähe. Drinnen marschierte er mit mir zu den Körperpflegeprodukten und steuerte das Regal mit den Shampoos, Deos und Haarbürsten an.

Dann griff er zu der teuersten Bürste, die er finden konnte, und fragte bloß: „Geht die?“

Ich nickte etwas überrumpelt. „Klar.“

Alle anderen wären auch gegangen, aber diese war sogar noch besser als meine Richtige zu Hause.

„Prima. Brauchst du sonst noch was?“

Schnell schüttelte ich den Kopf. Ging der Mann immer so direkt los und erledigte alles?

Er stellte sich an die Kasse, lehnte es ab, dass ich bezahlte, und wickelte den Kauf ab. Mit einem Ruck zupfte er das Etikett ab und hielt mir die Bürste hin. „Bitte sehr. Ich habe leider kein Geschenkpapier zum Überreichen, aber ich hoffe, es geht so.“

Staunend nahm ich sie entgegen. „Danke, aber du spinnst schon ein bisschen.“

Das entlockte ihm nur ein Lachen. „Gewöhn’ dich

dran.“

Mein Herz pumpte los. Das würde ich wirklich gerne. Am liebsten für immer.

Wir suchten uns eine ruhige Ecke in einer Seitenstraße, wo wir den vielen Touristen nicht im Weg standen. Mit vorsichtigen Bürstenstrichen begann ich, meine Haare zu bändigen. Ich blieb an einer gefühlten Million Knoten hängen, doch irgendwann hatte ich es geschafft und kam mir wieder wie ein vorzeigbarer Mensch vor.

Rhys hatte mich die ganze Zeit beobachtet und nickte zufrieden. „Du hast tolle Haare. An der Rezeption trägst du immer diesen Zopf und im Meer war schwer zu sagen, was du für eine Frisur hattest. Aber so offen und lang ...“ Er machte einen Schritt auf mich zu und ließ seine Hand hindurch gleiten.

Obwohl er meine Haut gar nicht berührte, richteten sich die Härchen an meinem Körper auf. Diese Geste war so intim und zärtlich, dass ich meine Hand um die Bürste festkrallte, um nichts Dummes zu tun. Etwa ein Geständnis abzulegen, dass ich mich in ihn verliebt hatte. Maddy schärfte mir allzeit ein, dass ein Mann das einer Frau zuerst sagen sollte.

Ich schluckte und sah zu Boden, damit es ihm auch nicht mein Blick verriet. Ich war heftiger in ihn verschossen, als ich es jemals als Teenager in einen anderen Kerl gewesen war. Und damals hatte ich kaum gewusst, wohin ich mit meinen Gefühlen und Hormonen sollte.

„Komm, lass uns gehen“, sagte er. „Ich lade dich ein. Das Lokal sieht klasse aus.“

Ich nickte und gab zu: „Das ist auch mein

Lieblingsrestaurant."

„Dann will ich erst recht rein." Er grinste mich an und setzte einen gespielt tadelnden Ton auf: „Nächstens verheimlichst du mir so was aber nicht."

„Ich würde nie erwarten, dass du mich dorthin einlädst", murmelte ich.

Ich war keine Frau, die das Geld eines Mannes auf den Kopf hauen wollte. Und mein eigenes musste ich nun einmal sparen. Cherrys Arztrechnung hatte mir erst wieder gezeigt, dass es nie verkehrt war, Rücklagen für ungeplante Ausgaben zu bilden.

Rhys legte seine Hände um mein Gesicht. „Das ist süß, dass du das nicht erwartest, Angel. Aber ich selbst erwarte das von mir, wenn ich dich ausführe. Komm also bloß nicht auf die Idee, irgendwas bezahlen zu wollen. In dem Punkt bin ich altmodisch: Ich bin der Kerl, also lade ich dich ein."

Ich kicherte und nickte, während ich ihm zu bedenken gab: „Erwarte jedoch bitte nicht, dass ich im Gegenzug koche, denn das würde keinem von uns schmecken."

Er setzte ein gespielt enttäuschtes Gesicht auf. „Schade, wo ich meinen Freundinnen doch am liebsten Pfannen, Töpfe und Kochlöffel schenke." Dann hörte er auf zu scherzen und sah mich mit einem bedeutungsvollen Blick an. „Denn eigentlich würde ja nur meine Freundin für mich kochen wollen, oder?"

Ähm ...

„Willst du mir etwa sagen, dass du nicht für mich kochen, aber trotzdem meine Freundin sein willst?"

Ups.

„Ich habe über meine Bemerkung gar nicht so genau nachgedacht", wiegelte ich ab.

„Eben drum. Es ist dir herausgerutscht.“

Unsicher benetzte ich meine Lippen. „Äh, nein, das war ... ähm ...“

„Nein?“, hakte er nach. „Du würdest also nicht mit mir zusammen sein wollen?“

Sprachlos starrte ich ihn an. Das war doch eine total gemeine Fangfrage. Schließlich konnte ich ihm die Wahrheit nicht sagen. Doch nein zu sagen, brächte ich auch nicht über mich.

Rhys lächelte. „Du kannst ja beim Essen noch mal drüber nachdenken.“

Ich runzelte die Stirn. Sollte das etwa ein Angebot sein? Ich war so mies darin, zwischen den Zeilen zu lesen. Doch bevor ich ihn danach fragen konnte, zog er mich schon mit sich fort zum Restaurant.

Wir ergatterten den letzten freien Tisch und er erkundigte sich erneut nach meinen Empfehlungen. Da er Fisch und Meeresfrüchte nicht mochte, schlug ich ihm ein Steak vor. Ich selbst entschied mich für Lachs. Die Weinkarte war nicht besonders groß, doch es waren einige erstklassige Sorten darin aufgelistet. Rhys orderte uns eine Flasche. Keine Ahnung, ob er mich gesprächiger machen wollte, denn meinen Enthüllungsanruf hatte ich schließlich in betrunkenem Zustand getätigt.

Das Essen und der Wein schmeckten köstlich. Wir saßen drei Stunden im Restaurant und plauderten über Persönliches. Er erzählte mir von der romantischen Begegnung seines Halbbruders Lance mit Helen im *Old Beauty Hotel* und wie es zur Hochzeit gekommen war.

„Und wieso bist du noch hier und die beiden nicht?“, wollte ich wissen. Immerhin war das doch sonderbar. Vor allem, weil Rhys von den Standards im Hotel nicht gerade erbaut gewesen war.

„Das war die Idee von Lance. Wobei ‚Idee' ...", er setzte das Wort mit seinen Fingern in Gänsefüßchen, „... eine nette Beschreibung für: ‚Er hat mir keine Wahl gelassen' ist."

Ich grinste und nippte an meinem Getränk. „Wie das?"

„Lance hat sich von mir quasi als Hochzeitsgeschenk gewünscht, dass ich mal Urlaub mache. Das grenzt an Erpressung, denn wie soll ich einen Hochzeitswunsch ablehnen? Noch dazu als Trauzeuge und Bruder. Er sagte, dass er sein Glück im *Old Beauty Hotel* gefunden hätte und dass er mir dasselbe wünschen würde. Deshalb sollte ich auch unbedingt nur dort buchen."

Ich lachte und war diesem Lance verdammt dankbar. „Du Ärmster."

„Ja, es ist ein schlimmes Los. Strandurlaub machen ..."

Ich gab mich verständnisvoll und zählte sein vermeintliches Elend weiter auf: „... in einem Drei-Sterne-Hotel."

„Da gibt es kein gescheites Internet und der Boden in meinem Zimmer ist schief. Echt, das ist mir noch nie passiert."

Ich gluckste, weil er so ein leidendes Gesicht aufsetzte. Der Mann könnte glatt Schauspieler werden. „Du hast ja auch bloß das zweitbeste Zimmer des Hauses", erinnerte ich ihn.

„Ach, und im Besten ist der Boden glatt und gerade?"

„Natürlich", behauptete ich und nickte eifrig. „Wenn sich da etwas schief anfühlt, müssen es die Dellen im Teppich sein."

Stöhnend rieb er sich die Stirn. „Nicht zu fassen. Und da dachte ich noch ganz naiv: *Ach, was soll's? Was kann bei einer Woche Urlaub in einem von Englands beliebtesten Badeorten schon* – Achtung, jetzt kommt es: *schief gehen?*“

Ich prustete fast den Wein über den Tisch. Im letzten Moment hielt ich mir die Serviette vor den Mund und antwortete: „Na, du kannst schiefgehen.“

„Rauf und runter“, bestätigte er. „Da geht jeder schief. Hast du das mal ausprobiert? Wenn nicht, muss ich dir mein Zimmer zeigen.“

Ich ließ die Serviette sinken und starrte ihn an. Mir war plötzlich ganz heiß und das lag nicht bloß am Wein. Auch in Rhys' Augen flammte wieder dieses Feuer auf.

Es war nicht so, dass ich nicht mit ihm mitgehen wollte. Denn ich wollte wirklich gern. Aber ich musste morgen früh im Hotel arbeiten und konnte doch nicht einfach aus einem der Zimmer stolpern, wenn ich meinen Dienst antrat. Obwohl der Arbeitsweg erstaunlich kurz wäre.

Aber es lag nicht bloß daran, dass mich das gesamte Personal im Haus kannte und ich damit den Gesprächsstoff bis zur nächsten Weihnachtsfeier sichern würde, sondern daran, dass dies unser erstes Date war. Ich würde auf keinen Fall sofort mit ihm in die Kiste springen. Rhys hatte selbst betont, in manchen Punkten altmodisch zu sein, und in diesem Punkt war ich es.

„Vielleicht ein anderes Mal“, murmelte ich.

Er lächelte mich an und nickte. Rhys übernahm wie angekündigt die Rechnung und brachte mich als echter Gentleman nach Hause. Den Weg dorthin kannte er ja schon.

Vor meiner Haustür zog er mich zu sich heran. „Nicht, dass du mir wieder abhaust.“

Ich lächelte und versank in seinen blauen Augen. „Hatte ich nicht vor."

„Gut. Hast du morgen auch frei?"

Bedauernd schüttelte ich den Kopf. „Nein, ich muss arbeiten."

„Bis wann?"

„Sechzehn Uhr."

Ich spürte, wie mich seine Hand in meinem Rücken streichelte. „Hättest du Lust, dich nach Feierabend mit mir zu treffen?"

Rosarote Luftballons stiegen in meinem Herzen auf. „Liebend gerne sogar."

„Zwei Dates in zwei Tagen. Das wird immer besser", spaßte er.

„Und was wirst du bis dahin unternehmen? Fährst du noch mal Jetski?"

Er strahlte mich an. Wenn ich daran dachte, wie reserviert er beim Einchecken gewirkt hatte, dann stand hier wirklich ein vollkommen anderer Mann vor mir.

Vielleicht einer, der auch verliebt ist, hoffte eine Stimme tief in mir drin.

„Nein, morgen habe ich andere Pläne. Ich arbeite nämlich das Empfehlungsprogramm für Touristen von einer sehr entzückenden Mitarbeiterin des *Old Beauty Hotels* ab."

Amüsiert wölbte ich eine Augenbraue. „Ah, ja?"

Er nickte. „Ich mache einen Ausflug nach Bovington."

Ich fing an zu lachen und klapste ihm auf den Arm. Bovington! Der Kerl war echt verrückt. Dort stand doch das Panzermuseum.

„Du hast ja ein tolles Wochenprogramm", lobte ich ihn.

„Musst du gerade sagen. Gehst heimlich auf Schminkpartys. Andererseits …“ Sein Blick wurde verhangen. Er legte eine Hand an meine Wange und starrte mir auf den Mund. Sanft strich sein Daumen über meine Unterlippe. „… Ich hätte dich gestern schon gerne geküsst. Du hattest diese roten Lippen. Einfach heiß.“

Der Vorführlippenstift!

„Der war aber nicht kussecht“, fiel mir ein.

„Egal, der stand dir hervorragend.“

Ich würde so was von shoppen gehen, wenn ich das nächste Mal mit Cherry sprach. Ich brauchte dringend dieses *Sensation*-Zeug. Oder war es aus der *Passion*-Linie gewesen? Ach, das war einerlei. Ich würde ihr einfach alle roten Lippenstifte abkaufen, die sie hatte, und es herausfinden.

„Ich habe dir die ganze Zeit nur auf den Mund gestarrt“, gestand er. „Leider bist du durch die Tür geflohen, bevor ich dich küssen konnte.“

Er zog mich näher an sich heran, bis sich unsere Körper berührten. Rhys strahlte eine solche Hitze aus, dass ich unter seiner Berührung regelrecht verbrannte. Und trotzdem wollte ich ihn noch mehr entflammen lassen. Bestimmt war er ein guter Liebhaber. Er war jedenfalls ein teuflisch guter Küsser.

„Du weißt, was jetzt kommt, oder?“, vergewisserte er sich. „Dieses Mal stehle ich mir meinen Kuss, rote Lippen oder nicht.“

Ich war unfähig zu sprechen und brachte nur ein „Mhm“ heraus.

Küss mich doch endlich!

Bevor ich vor Sehnsucht starb, senkte er seinen Mund auf meinen und ließ mein Herz ein weiteres Mal fliegen.

Er küsste mir die Sinne schwindlig. So sehr, dass ich jedes Zeitgefühl verlor. Niemals zuvor hatte ich einen so wundervollen Gute-Nacht-Kuss erhalten. Rhys war für mich Liebe auf den ersten Blick gewesen. Und auf den zweiten und dritten und immer wieder ...

꩜ 16 ꩜

„Na, wie war dein freier Tag, Süße?“, fragte mich Madison, als wir endlich wieder gemeinsam zur Arbeit eingeteilt waren.

Ich strahlte sie an. „Traumhaft schön.“

Bevor ich irgendwas sagen konnte, fuhr sie schon fort: „Ich hätte gestern auch gerne frei gehabt. Das Wetter war doch wohl ein Hit.“ Sie warf einen sehnsüchtigen Blick durch die Fenster im Eingangsbereich. „Dein Mister Heiß-Heiß-Baby hat sich nicht blicken lassen.“

Ich schmunzelte, weil ich genau wusste, wo er die ganze Zeit gesteckt hatte.

„Aber ich habe mir überlegt, dass ich dir weitere Anrufe bei ihm erspare und mich seiner selbst annehme. Du bekommst bei dem Mann ja keinen Fuß in die Tür“, schnatterte sie scherzhaft weiter. Ich sah ihr an der Nasenspitze an, dass sie kein Wort davon ernst meinte. „Du kannst dich stattdessen mit Owen Spencer treffen. Er ist seit der Grundschule in dich verknallt. Mach ein paar Babys mit ihm und dreh der fiesen, alten Vettel namens *‚Biologische Uhr‘* eine lange Nase.“

„Owen Spencer?“, krähte ich ungläubig. Der Mann war so heiß wie eine Ofenkartoffel, die niemand in den Backofen gelegt hatte.

„Na, der stellt sich wenigstens nicht quer, wenn du heiraten, Kinder und einen Hund willst.“

„Ja, das ist ein toller Plan“, stimmte ich ihr zu.

Sie schaute mich entsetzt an. „Wirklich?“

Ich verdrehte die Augen und zeigte ihr einen Vogel.

„Da bin ich jetzt echt erleichtert“, seufzte sie.

„Maddy, ich bin dir wirklich dankbar für dein Engagement bei meinem Liebesleben.“ Besonders, weil sie mich zu dem Anruf bei Rhys angestiftet hatte. Ich schenkte ihr ein glückliches Lächeln. „Aber im Moment sieht es ganz gut aus.“

Ihre Augen weiteten sich verblüfft und ihr stand der Mund offen. Sie krallte sich an der Stuhllehne fest und sah aus, als ob sie gleich platzen würde. „Ist nicht wahr! Du hast jemanden? Oh, mein Gott, Angel, mach es doch nicht so spannend!“

Sicher fragte sie sich schon, wen ich mir an meinem einzigen freien Tag hatte angeln können. Aber bevor sie mich ausquetschen konnte, ertönte hinter uns ein vergnügtes: „Guten Morgen, die Damen.“

Rhys!

Ich fuhr zu ihm herum und sah ihn charmant lächelnd auf uns zukommen.

„Heiß-Heiß-Baby“, wisperte Madison.

Dann grüßten wir ihn unisono, wobei ich mir ein Grinsen nicht verkneifen konnte: „Guten Morgen, Mister Sutton.“

Ich sah deutlich, wie Rhys sich über meine förmliche

Anrede amüsierte.

Tuschelnd lehnte ich mich zu Maddy: „Ich sollte dir vielleicht sagen, dass er nichts für dich ist."

Sie warf mir einen fragenden Blick zu, doch dann stand Rhys auch schon vor uns.

„Können wir ihnen helfen?", erkundigte sie sich bei ihm.

„Nein, alles bestens. Ich gehe mir gleich mal das Panzermuseum anschauen."

Madison runzelte die Stirn und klang wenig enthusiastisch: „Panzermuseum?"

Es fehlte bloß noch, dass sie sagte: *„Aber wir sind doch ein Badeort. Da geht man schwimmen."* Ihr Gesicht sprach jedenfalls Bände.

Ich lachte und strich ihr über den Rücken. Sie warf mir einen verständnislosen Du-kannst-doch-hier-nicht-vor-einem-Gast-laut-loslachen-Blick zu.

Rhys wandte sich belustigt an mich. „Dann bleibt es bei sechzehn Uhr?"

Bei unserem gestrigen Date hatte ich erwähnt, dass Maddy meine Freundin war und ich kein Problem damit hätte, dass sie über uns Bescheid weiß. Ich hatte mich schon darauf gefreut, was sie für Augen machen würde, sobald sie es erfuhr.

Und tatsächlich wurden Madisons Augen groß wie Tischtennisbälle. Sie starrte mich an wie ein Weltwunder. Und dann ihn. Und dann gleich wieder mich. Hin und her. Wie beim Wimbledon-Finale.

„Nee, oder?", murmelte sie.

Sie konnte so süß sein.

Ich strahlte Rhys über beide Ohren an. „Auf jeden Fall."

„Alles klar, dann gehe ich mir mal die berühmte Attraktion angucken und hole dich nachher ab."

„Das Panzermuseum soll eine berühmte Attraktion sein?", wunderte sich Maddy, die aussah, als hätte ich Rhys genauso gut zum Holzentenschnitzen schicken können.

„Na, klar", gluckste ich.

„Bis dann, die Damen." Rhys zwinkerte mir zu und lief zur Drehtür hinaus.

Noch bevor er richtig draußen war, packte Maddy meine Arme und schüttelte mich durch wie einen Milchshake. „Ich will alles wissen! Hörst du? Alles!"

Dann schubste sie mich in den Bürostuhl und sah mich so streng an, als stünde mir ein hochnotpeinliches Verhör bevor. Und weil gerade niemand von unseren Gästen vorbeikam, erzählte ich ihr von meinen Erlebnissen mit Rhys.

„Ich fasse es nicht", staunte sie, als ich geendet hatte.

„Ich kann es selbst kaum glauben."

„Angel, das ist ja grandios!" Sie juchzte und klatschte in die Hände. Dass sie keine Polonaise durch die Lobby mit mir tanzte, war auch schon alles. Dann stimmte sie einen gönnerhaften Ton an und erklärte: „Na, gut, du darfst ihn doch behalten."

„Du bist zu großzügig."

„Und wie geht es mit euch weiter, wenn er abreist?"

Ratlos zuckte ich die Schultern. „Das weiß ich noch nicht."

„Du musst ihn dir unbedingt warmhalten. So ein Sahneschnittchen kommt so schnell nicht wieder."

Warmhalten. Ich wünschte, das würde so leicht gehen wie es sich anhörte. Aber ich hatte nicht vor, ihn aufzugeben. Fernbeziehung hin oder her.

Am späten Vormittag rief ich Cherry an. Mein Handy hatte ich inzwischen brav aufgeladen. Das hatte sich auch sofort ausgezahlt, denn Rhys hatte mir nach unserem Date noch eine SMS geschickt und mir süße Träume gewünscht. Ich hatte auch äußerst süß von ihm geträumt, doch es hatte Ewigkeiten gedauert, bis ich überhaupt eingeschlafen war, weil ich mich vor lauter Aufregung nur herumgewälzt hatte.

„Hey, Angel." Cherry klang noch immer schlapp.

„Wie geht es dir denn?"

„Ein bisschen besser, aber ich bin echt genervt, wie langsam es vorwärts geht", bestätigte sie meinen Eindruck.

„Trotzdem schön, dass du Fortschritte machst. Hör mal, ich wollte dich was fragen."

„Schieß los."

„Bei der Vorführung hatte ich so einen roten Lippenstift getestet. Ich weiß nur nicht mehr, wie der heißt."

Sie kicherte. „Ich schon. Das war der *Passion* Nummer zwölf."

Ich staunte regelrecht Bauklötze. Sie war doch gar nicht dort gewesen und hatte mich erst am nächsten Tag gesehen, als ich schon gar keinen Lippenstift mehr drauf gehabt hatte. „Woher weißt du das?"

Cherry stieß einen Seufzer aus, als wäre ich mal wieder lernresistent. „Na, weil du ihn als Tester benutzt hast. Alle anderen Lippenstifte sind noch nagelneu."

Das machte natürlich Sinn. Ich war ganz erleichtert, dass sich das Rätsel um den richtigen Lippenstift so schnell gelüftet hatte.

„Davon würde ich gerne drei Stück nehmen. Den Angefangenen kannst du natürlich in die Bestellung mit reinpacken.“

„Wofür brauchst du dreimal denselben Lippenstift?“, wunderte sie sich. „Nein, stopp, wofür brauchst du überhaupt welchen? Du trägst doch gar keinen.“

War ja klar, dass sie das stutzig machte.

„Ab jetzt schon“, trällerte ich.

Sie kreischte mir mit ihrer heiseren Stimme ins Ohr: „Du hast einen Kerl kennengelernt, oder?“

Okay, ich war durchschaubar wie Plexiglas. „Ja, habe ich.“

„Ist das prima! Pass auf, dann komm doch in deiner Mittagspause bei mir vorbei. Ich richte deine Bestellung und du erzählst mir, wie du ihm begegnet bist.“

Das war ein ziemlich guter Plan und ich war froh darüber, dass ich Rhys gleich nachher, wenn er mich abholen würde, mit dem Lippenstift überraschen könnte.

Gesagt, getan.

Sein Blick, als er mich mit den roten Lippen sah, war Gold wert. Sofort flammte dieses Feuer in seinen Augen auf. Mir war fast schwindlig vor Glück, weil ich das in ihm auslösen konnte. Er gab mir das Gefühl, schön zu sein.

Lächelnd kam er auf mich zu. „Wollen wir?“

Aber so was von!

Ich schaffte es allerdings nur, ein „Ja“ zu hauchen. Mir blieb bei seinem glutvollen Anblick glatt die Stimme weg. Hoffentlich würden mir die Knie auf dem Weg um den Rezeptionstresen herum nicht wegsacken. Wenigstens bis zu seiner Hand sollte ich es noch schaffen.

„Viel Spaß, Süße.“ Maddy zwinkerte mir mit einem hoch zufriedenen Gesichtsausdruck zu. „Mach alles, was ich auch machen würde.“

Da konnte ich nur spekulieren.

Rhys schien der Vorschlag nicht zu stören, denn sein Lächeln wurde breiter.

Ich ging zu ihm und als er meine Hand nahm, hatte ich das Gefühl, nach Hause zu kommen. Es war jene Form von Verbundenheit, die man mit dem Verstand nicht erklären konnte.

Ich hatte meine Sachen von der Arbeit schon vor zehn Minuten gegen Freizeitkleidung getauscht. Heute trug ich das Outfit, mit dem ich eigentlich zur Schminkvorführung hatte gehen wollen: weiße Jeggins, die meine schlanken Beine betonten, ein türkisfarbenes Shirt mit kurzen Flatterärmeln, dazu weißen Modeschmuck und die entzückenden Ballerinas, die für jede Form von Date geeignet waren. Aber der echte Hingucker waren für Rhys ganz offensichtlich meine roten Lippen.

„Was wollen wir denn unternehmen?“, fragte ich ihn, als wir Hand in Hand zur Drehtür liefen.

Er führte mich nach draußen und zeigte auf einen eleganten Wagen, der vor dem Hotel parkte. „Heute möchte ich dich überraschen“, verriet er und hielt mir die Beifahrertür auf.

Offensichtlich würden wir Swanage verlassen.

„Ich komme aber nicht mit ins Panzermuseum, falls du da noch mal hin möchtest“, informierte ich ihn gleich beim Einsteigen.

Er grinste nur, schüttelte den Kopf und machte die Tür zu. Dann kam er um den Wagen herum, setzte sich neben mich und gab Entwarnung: „Keine Sorge, ein Besuch dort hat mir völlig ausgereicht."

Es war schon süß, dass er sich selbst an die dümmsten meiner Vorschläge hielt.

„Wie ist es denn gewesen?"

Er fuhr los und setzte einen übertrieben anerkennenden Blick auf. „Es gab dort viele Panzer und ich bin natürlich mal in einen eingestiegen. Anscheinend kann man dort sogar gelegentlich mit einem Modell testfahren, aber ich habe darauf verzichtet."

„Ach, dann gehörte das also nicht zu den Wünschen, was du mal werden willst, als du noch ein kleiner Junge warst?", foppte ich ihn. „So wie Flugzeugpilot oder Feuerwehrmann?"

Er lachte. „Sicher nicht. Und ich muss sagen, dass mir mein derzeitiger Job weitaus lieber ist, als eine Karriere beim Militär."

Das brachte mich auf den Gedanken zurück, dass Maddy immer herumgerätselt hatte, was Rhys wohl beruflich machte. Ich hatte noch immer keine Ahnung. Bisher war ich nicht auf die Idee gekommen, ihn danach zu fragen, denn eigentlich war es mir ganz egal. Ich würde ihn auch toll finden, selbst wenn er bloß Zwiebeln auf seinem Balkon züchten sollte.

Trotzdem bot sich die Frage danach an. Denn zumindest in einem Punkt spielte seine Arbeit eine Rolle: Würde sie ihn daran hindern, eine Beziehung mit mir führen zu können?

„Was machst du denn eigentlich genau?"

„Ich arbeite in der Firma meines Vaters. Ihm gehört eine Kette von Autowerkstätten im ganzen Land."

Im ganzen Land? Das ließ mich hoffen.

„Habt ihr denn auch Filialen in der Nähe?“

„Ja, gleich drüben in Bournemouth ist eine.“ Er warf mir einen neckischen Seitenblick zu. „Wieso? Suchst du etwa einen neuen Job?“

Ich hätte fast nein gesagt, aber dann kam mir eine Idee: „Habt ihr denn eine Stelle frei für jemanden, der kein Mechaniker ist?“

Er zuckte die Schultern und nickte. „Sicher, im Ladenbereich. Wir verkaufen in den dazugehörigen Werkstattshops Motoröl, Kindersitze, Pannendreiecke, Gepäckträger und solches Zeug.“ Er runzelte die Stirn. „Du willst nicht wirklich vom Hotelwesen in die Kfz-Branche wechseln, oder?“

„Ich selbst nicht“, gab ich zu und warf ihm einen scheuen Blick zu, weil ich mir nicht sicher war, ob wir uns schon gut genug für mein Anliegen kannten.

„Sondern?“

Ach, ich musste es einfach probieren.

„Meine Schwester Cherry. Sie ist zurzeit selbständig, aber es läuft nicht so gut.“

Er wirkte nachdenklich. „Sie verkauft Kosmetikprodukte?“

Ich nickte. „Ja, sie hat von Autozubehör leider keine Ahnung, aber zumindest hat sie Erfahrung im Verkauf.“

„Wenn du möchtest, könnten wir sie mal Probe arbeiten lassen. Dann wird sich zeigen, ob ihr das liegt. Falls sie sich gut macht, sehe ich kein Problem darin, sie anlernen zu lassen.“

„Echt?“ Ich starrte ihn begeistert an und faltete die Hände im Schoß zusammen. Es klang nach der Lösung für ihre Probleme.

Er grinste nur. „Aber bist du dir sicher, dass Cherry

Lust auf so einen Wechsel hat?“

Sie musste einfach, sonst hätte sie irgendwann Schulden bis zum Hals.

„Klar, sie ist sehr offen und hat schon andere Produkte verkauft. Vor der Kosmetik waren auch mal Staubsauger oder Tiefkühlkost dabei.“

Das mit den Vibratoren erwähnte ich an dieser Stelle nicht, obwohl sich damit zumindest vermerken ließ, dass sie schon motorisiertes Zubehör verkauft hatte. Für den Staubsauger galt das aber auch, also genügte das als Beispiel.

Er runzelte die Stirn. „Das hat nicht viel miteinander zu tun.“

„Sie will einfach nur verkaufen dürfen.“

Ich sah ihm die Skepsis an, weil sie in seinen Augen schon drei verschiedene Sachen ausprobiert hatte, und noch immer nicht erfolgreich war. Dass das mit der Kosmetik sogar schon ihr siebter Versuch war, blieb mein Geheimnis. Ich glaubte an Cherry, egal, wie schlecht sie als Bewerberin auf dem Papier aussah. Das Haustürgeschäft war schwierig, aber in Rhys’ Werkstatt kamen die Kunden von sich aus. Das waren ganz andere Voraussetzungen und Cherry war sehr charmant und fleißig. Beide könnten voneinander profitieren.

„Dann probieren wir es“, willigte er ein. „Ich beschaffe ihr ein dreitägiges Praktikum in Bournemouth. Es wäre allerdings unbezahlt.“

Ich nickte gedankenverloren. Irgendwie musste ich Cherry dazu bekommen, dass sie dort hinging.

„Ist das mit der Bezahlung ein Problem?“, hakte Rhys nach, der meinen Blick fehlinterpretierte.

„Oh, nein. Es ist nur ...“ Und dann kam mir ein

zündender Gedanke. „... bei ihrem Auto leuchtet derzeit die Motorkontrollleuchte. Meinst du, das sich bei dem Praktikum mal jemand ihren Wagen ansehen könnte?"

Er nickte. „Das ist kein Problem. Darauf sind wir schließlich spezialisiert." Dann zuckte er die Schultern. „Wir können es ja so machen, dass wenn sie gut ist und sich anstrengt, wir die Reparatur übernehmen."

Überwältigt starrte ich ihn an. Mir war klar, dass er dieses Angebot nur wegen mir unterbreitete.

„Aber dann will ich ganz viel Herzblut sehen", verlangte er. „Da lege ich Wert drauf. Wir betreiben zwar nur Autowerkstätten, was für eine Frau, die gerne pinke Kostüme bei der Arbeit trägt, vermutlich nicht so spannend ist, aber ohne Ehrgeiz ist sie raus. Egal, ob sie deine Schwester ist."

Ich nickte schnell. „Das ist wunderbar. Außerdem trägt sie gar nicht immer pink."

Jetzt sah er wieder amüsiert aus. „Dann organisiere ich das. Sie ist immer noch krank, oder?"

„Ja, aber sie nimmt ganz gewissenhaft ihre Medizin. Du musst dir keine Sorgen machen. Wenn sie bei dir anfangen könnte, würde sie sich praktisch nie krank melden. Sie ist ein Arbeitstier."

Damit schien er zufrieden zu sein.

„Heute ist Dienstag", überlegte er. „Dann soll sie nächste Woche kommen. Montag geht's los."

„Danke."

„Schon okay, Angel. Dir liegt was dran, also liegt mir was dran. Aber auf Arbeit erwarte ich immer Leistung. In der Hinsicht vermische ich Privates und Geschäftliches nicht. Sie bekommt ihre Chance, den Rest muss sie selbst erledigen."

„Das wird sie bestimmt."

Für Cherry hatte sich gerade eine riesige Tür geöffnet. Aber ich grübelte, wie es wohl mit Rhys und mir weitergehen könnte, wenn er abreiste. Unsicher nagte ich an meiner Unterlippe.

„Ist noch was, Angel?"

„Also, ähm ... Wenn ihr Filialen im ganzen Land habt ..."

„Ja?"

Ich wollte so gerne wissen, ob er sich dann auch öfter mal von London loseisen könnte. Aber gleichzeitig schrillten Madisons Ratschläge, wann man was mit einem Mann besprechen durfte und wann nicht, wie Alarmglocken durch meinen Kopf. Sie würde mir ganz sicher erklären, dass diese Frage verfrüht käme.

Ich schüttelte den Kopf. „Ach, nichts."

„So siehst du aber nicht aus", beharrte Rhys. „Komm, raus mit der Sprache. Ich will dich nicht bedrückt sehen. Das hier ist ein Date."

Inzwischen hatten wir Swanage längst hinter uns gelassen. Ich hatte noch immer keine Ahnung, wohin er überhaupt mit mir wollte.

„Ich habe nur überlegt ..."

Tue es nicht. Frag ihn nicht. Madisons Stimme hallte warnend durch meinen Kopf.

„Ja?" Er wirkte langsam angespannt.

„... ob du ..."

Nein, nein, nein!

„Angel, ich beiße nicht."

„Ich will dich aber nicht vertreiben", platzte es aus mir heraus.

Perplex stieß er die Luft aus. „Bitte, was?"

Er fuhr an den Straßenrand, hielt an und nahm meine Hand. „Du sagst mir jetzt, was los ist, und danach hast du den Kopf frei, um unser Date zu genießen." Rhys schenkte mir einen aufmunternden Blick und streichelte meine Hand. Er verschränkte seine Finger mit meinen und hauchte mir einen Kuss auf den Handrücken. Dabei sah er mir fest in die Augen und diese zärtliche Geste, ließ mich aussprechen, was ich kaum zu fragen wagte.

„Ich habe nur gehofft, dass wir uns nach deiner Urlaubswoche weiterhin sehen könnten. Dass du nicht immerzu in London sein musst."

Er schenkte mir ein warmes Lächeln und schüttelte den Kopf. „Ich muss überhaupt nicht ständig in London sein. Ich bin dort einfach nur gerne. Aber es wäre gut möglich, dass ich seit Kurzem auch gerne hier bin."

Bei seinen Worten ging die Sonne in meinem Herzen auf und all die schweren Steine, die daran gehangen hatten wie riesige Felsblöcke, fielen davon ab. Ich hätte vor Erleichterung weinen können.

„Alles wieder gut?"

Ich nickte glücklich.

Er gab mir einen weiteren Kuss auf die Hand und fuhr dann weiter.

Allmählich kam ich um vor Spannung, wo er eigentlich mit mir hin wollte.

17

„Das hast du nicht gemacht, oder?“, hauchte ich.

Rhys grinste mich zufrieden an. „Dann ist die Überraschung also gelungen.“

„Und wenn ich gesagt hätte, dass Butterstampfen ein beliebter Zeitvertreib ist?“

„Dann würden wir jetzt um die Wette buttern.“

Ungläubig stieg ich aus dem Wagen. Der Wind wehte über die freie Ebene und ließ meine Haare flattern. Rhys hatte am Rand eines Flugfeldes geparkt und keine zwanzig Meter entfernt stand ein Helikopter.

Er nahm meine Hand und ging mit mir auf den wartenden Piloten zu. „Rhys Sutton, ich hatte reserviert.“

Der Pilot nickte. „Den Papierkram haben Sie ja schon im Vorfeld erledigt. Dann können wir direkt starten.“

Wann war er denn hier gewesen? Das musste er auf seinem Weg zum Panzermuseum gemacht haben. Der Mann war wirklich vorausschauend. Und großzügig. Er hatte mich schon gestern in das teure Restaurant ausgeführt. Jetzt spendierte er mal eben einen Helikopterflug. Aber dass er ein gutes Herz hatte und freigiebig war, bewies er auch schon damit, dass er Cherry eine Chance gab, obwohl er sie nicht einmal kannte.

Rhys war mir beim Einsteigen behilflich, wobei seine Hand meinen Rücken so tief unten berührte, dass sie halb auf meinem Po landete. Ich kicherte und nahm auf einem der Polstersitze Platz. Denn im Grunde brauchte es mich nicht zu wundern, dass er es nun dort probierte, nachdem er auch schon meine Brust angefasst hatte.

Jedem anderen Kerl hätte ich eine geklebt, aber bei Rhys gefiel es mir, dass er auf mich reagierte. Wenn er mich sogar mit einem Helikopterflug beeindrucken wollte, schien ihm doch Einiges an mir zu liegen. Vor Glück hätte ich an die Scheibe hauchen und mit meinem Finger ein Herz darauf malen können.

„Ihr müsst diese Kopfhörer aufziehen“, erklärte der Pilot und hielt uns zwei Paar hin. „Es wird nämlich laut und sie dämmen den Lärm. Gleichzeitig könnt ihr mich damit bei Notfällen hören.“ Er tippte sich an das Mikrofon, das von seinem Kopfhörer zum Mund führte. „Aber vor allem könnt ihr miteinander reden. Alles klar?“

Ich nickte begeistert. Das war so aufregend!

Rhys setzte mir meine Kopfhörer auf und zeigte mir den erhobenen Daumen. Dann zog er sich seine auf und sah damit aus, als wäre er glatt selbst der Pilot. Irgendwie war das ziemlich sexy.

Wir schnallten uns an und Rhys überprüfte, ob mein Gurt auch fest saß.

„Ich will nicht, dass dir was passiert“, kommentierte er

seine Fürsorge.

Also, an so viel Aufmerksamkeit von ihm könnte ich mich gewöhnen. Er behandelte mich wie eine Prinzessin. Dabei war ich einfach nur Angelina Watson, Rezeptionistin aus einer Kleinstadt an der Küste. Auf einem Blatt Papier wäre ich eine äußerst unspektakuläre Kandidatin für eine Traumfrau, denn meine Daten machten nicht besonders viel her. Aber Rhys schien das nicht zu stören.

Der Motor startete. Es war ein irres Gefühl. Der Rumpf des Helikopters begann zu brummen und zu vibrieren. Es war, als stünde man auf einem Konzert direkt vor der Bassanlage. Die Rotorblätter drehten sich immer schneller und wurden zu einem flatternden Schattenkreis über uns. Hier drin fühlte ich mich wie in einem Vogelnest mit Verglasung.

Mein Herz machte einen freudigen Satz und ich fasste begeistert nach Rhys' Hand und hielt mich daran fest. Er erwiderte meinen Händedruck und sah mich grinsend an.

„Das ist so gut", erklärte ich durch mein kleines Mikrofon. Ich konnte mich selbst darüber hören, was ein bisschen seltsam klang.

Rhys lachte. „Wir sind noch nicht mal losgeflogen."

Stimmt, wir standen noch am Boden, doch es war bereits jetzt eines der größten Abenteuer meines Lebens.

„Wow, ich habe so was noch nie gemacht."

„Heli fliegen?", hakte Rhys nach.

Ich machte eine umfassende Handbewegung. „Nein, überhaupt zu fliegen. Ich war auch noch nie groß woanders als in Swanage."

„Hast du immer hier gelebt?"

Ich nickte und verzog das Gesicht. „Alle bald dreißig Jahre."

Er schaute mich verwundert an. „Ist es denn so schlimm in Swanage?"

„Nein, Swanage ist super. Aber dass ich nächsten Monat schon dreißig werde, ist furchtbar."

Rhys lachte. „Das ist doch nicht schlimm."

„Da steht eine drei vornedran."

„Es ist süß, dass du dir deshalb einen Kopf machst."

Süß?

Bevor ich näher darauf eingehen konnte, hob der Hubschrauber plötzlich vom Boden ab. Mit einem Mal schwebte ich in der Luft, während mein Magen erst eine Sekunde später zu folgen schien.

„Oh, mein Gott!", schrie ich.

Er drückte meine Hand. „Alles okay bei dir?"

„Das ist so irre", rief ich fröhlich. „Juhu!"

Es war noch viel besser als eine Karussellfahrt. Der Helikopter torkelte ein wenig im Wind und nahm dann Fahrt auf. Bisher waren wir nur ein Stück gerade hochgestiegen, doch nun zog der Pilot nach vorne weg und ich sah das Flugfeld unter uns davongleiten. Bäume, Sträucher, Wiesen. Alles sah so viel kleiner aus.

Trotz der Kopfhörer war der Hubschrauber eine laute Höllenmaschine. Mein Auto machte jedenfalls nie solchen Lärm. Nicht einmal mein Staubsauger, wenn ich ihn voll aufdrehte. Sonst war ich kein großer Fan von Krach, aber hier gehörte es zum Adrenalinschub dazu.

„Wo fliegen wir hin?"

„Eine sehr kompetente Empfangsdame hat mir die *Jurassic Coast* und *Corfe Castle* empfohlen."

„Paris soll auch toll sein", scherzte ich.

„Etwa unternehmungslustig?“

Ich nickte selig.

„Heute habe ich aber nur für die Küste und die Burgruine gebucht. Außerdem ...“ Er lehnte sich näher zu mir, auch wenn ich ihn dadurch nicht anders hörte als vorher, „... was willst du bitte in Paris? Ich würde dir da eher London empfehlen.“

Ich starrte ihn aus großen Augen an. „Hast du mich etwa gerade zu dir eingeladen?“, vergewisserte ich mich.

Er gab sich unentschlossen. „Nur wenn du ja sagst. Ich will keinen Korb riskieren. Falls du nein sagst, habe ich nie gefragt“, erklärte er und legte sich als Akt der Verschwiegenheit seinen Zeigefinger an die Lippen.

„Himmel, klar will ich dich besuchen kommen“, jubelte ich.

Er lachte erfreut. „Gut. Dann war das eine Einladung.“

Apropos Einladung ...

„Sag mal, Rhys, würdest du nächsten Monat zu meiner Geburtstagsfeier kommen? Dann wird es nicht mehr ganz so schrecklich, dass ich dreißig werde.“

Er sah mich an, als hätte ich den Verstand verloren, weil ich das überhaupt fragte. „Natürlich werde ich kommen. Das lasse ich mir um nichts in der Welt entgehen. Versuch mal, mich davon abzuhalten.“

Beglückt hielt ich seine Hand mit beiden Händen fest. Ganz fest. Ich wusste sonst kaum, wohin mit meiner Energie, so aufgekratzt war ich.

„Baby, das mit dem Quetschen solltest du lieber bei Orangen machen. Ich kaufe dir nachher mal welche“, neckte er mich.

Ich ließ etwas lockerer und wir schauten aus dem Fenster und genossen den Flug. Was mich anging, war

Rhys direkt in mein Herz geflogen.

Der Helikopter hatte inzwischen die Jurassic Coast erreicht. Sie sah aus der Luft einfach herrlich aus. Die zerklüfteten Kreidefelsen ragten steil aus dem Meer auf. Es brandete an die Felsen und der Himmel war weit und blau. Nach einer Weile schwenkte der Hubschrauber ins Landesinnere. Es wurde hügeliger und dann ragte die Burg vor uns empor. Ich erkannte ihre Grundfesten und die hohe Mauer, die noch stand. An manchen Stellen klafften Türbögen in ihr, die ins Nichts zu führen schienen. Es wirkte gespenstisch.

Wir kreisten einige Mal um die Ruine. Nach einer Stunde flogen wir zum Flugplatz zurück. Die Zeit war ebenfalls verflogen. Aber das schien an der Seite von Rhys immer zu passieren. Wir verabschiedeten uns vom Piloten und liefen zum Auto.

In meinem Körper dröhnte noch immer der Motor und vibrierte bis in meine Fingerspitzen. Ich war kaum ausgestiegen und wollte am liebsten gleich zurück in den Heli.

„Das war ein toller Tipp von dir“, lobte Rhys mich.

Auch wenn ich vielleicht gerade über die Stränge schlug, fühlte ich mich so frei und berauscht, dass ich ihm einfach um den Hals fiel und glücklich war. Er zog mich ganz nah an sich heran.

„Sieh mich an, Angel“, verlangte er.

Als ich es tat, erkannte ich in ihm dieselbe Euphorie, aber da war noch etwas: Verlangen. Er legte seine Hand in meinen Nacken und beugte sich zu mir herunter. Dann küsste er mich, bis ich das Gefühl hatte, dass sich der Boden drehte. Rhys schmeckte herb und männlich und aus seiner Kehle stieg ein sehnsüchtiger Laut auf.

Nach einigen Minuten, ich wusste nicht wie viele, lösten sich seine Lippen von meinen und er strich durch mein Haar. „Du machst es einem verdammt schwer, sich ans Drehbuch zu halten."

„Es gibt eins?", flüsterte ich.

„Ja, ich habe mir noch mehr überlegt."

Ich schluckte gerührt. „Und was steht als Nächstes an?"

„Eine weitere Überraschung."

Er zog mich zum Wagen und half mir hinein. Erneut spürte ich seine Hand an meinem Po, als ob ich sonst den Sitz verfehlen könnte. Er zwinkerte mir zu, stieg ebenfalls ein und startete den Motor.

Doch bevor er losfahren konnte, bemerkte ich fröhlich: „Du hast da noch was."

Ich deutete auf seinen Mund. Der *Passion* Nummer zwölf war leider wirklich nicht kussecht. Ich half ihm dabei, ihn zu entfernen. Rhys hätte das zwar auch allein geschafft, aber ich wollte ihn einfach berühren.

Als ich fertig war, hauchte er mir einen Kuss auf die Hand und fuhr los. Diesmal steuerte er eine entlegene Bucht an der Küste an. Es war ein wunderschöner, romantischer Platz und ich fragte mich, ob Rhys wohl schwimmen gehen wollte. Ich hatte nämlich keine Badesachen dabei.

Stattdessen öffnete er seinen Kofferraum und holte ein großes Strandtuch und einen Picknickkorb hervor.

„Ich habe auch noch eine zweite Decke, falls dir kalt werden sollte."

Dabei deutete er auf ein wunderschön gemustertes Plaid aus weicher Wolle. Er trug alles zum Strand und breitete das Strandtuch für uns aus. Ich schlüpfte aus meinen Schuhen und bohrte genüsslich die Zehen in den Sand, der von der Sonne noch ganz warm war.

Wir machten es uns gemütlich und Rhys tischte lauter Leckereien auf, die er aus der Delikatessenabteilung des Supermarktes geholt haben musste. Ich stürzte mich auf den Obstsalat und Rhys öffnete eine Flasche Wein für uns.

Verwundert betrachtete ich das Etikett. „Ist das nicht derselbe, den wir gestern im Restaurant hatten?“

„Ja, ich bin ihn extra noch holen gegangen.“

Rhys war anscheinend bis ins letzte Detail romantisch veranlagt. Ich schmunzelte und hielt ihm mein Glas hin, damit er mir einschenken konnte.

„Sag mal, warst du wirklich noch in Bovington oder war das bloß ein Alibi für deine ganze Vorbereitung?“

„Ich war wirklich da und saß auch in einem Panzer. Aber ich gebe zu, dass ich nicht den ganzen Tag dort zugebracht habe.“

Er goss sich ebenfalls ein und hob sein Glas zu einem Toast: „Auf eine wunderschöne Zeit. Und auf das *Old Beauty Hotel,* das uns zusammengeführt hat. Ich hätte nie gedacht, dass das bei mir genauso funktioniert wie bei Lance und Helen.“

Ich schluckte und stieß mit ihm an. Lance und Helen hatten geheiratet. Ich hätte absolut nichts dagegen, wenn es bei uns *genauso* lief.

Wir verbrachten einen paradiesischen Abend und sahen der Sonne dabei zu, wie sie hinter den Kreidefelsen der Bucht verschwand. Der Strand lag Richtung Süden statt nach Westen heraus, sodass wir die Sonne nicht hinter dem Meer versinken sehen konnten, aber das war völlig unwichtig, weil die rosa und orangen

Farben des Himmels alles umspannten.

Rhys zog mich in seine Arme und küsste mich. Ganz langsam drückte er mich auf das Strandtuch herunter, bis wir darauf ausgestreckt lagen. Dann zog er das Plaid über uns, damit der auffrischende Wind uns nicht schaudern ließ.

Er rückte näher und näher, bis sein Körper auf meinem lag. Ich spürte sein Gewicht auf mir und genoss die Wärme, die von ihm ausstrahlte. Sanft strich er mit seiner Zunge zwischen meinen Lippen entlang und drang in meinen Mund ein. Sein Kuss wurde hungriger und im Schutz der Decke wanderte seine Hand zu meiner Brust und streichelte sie durch das Shirt hindurch.

„Ich bin verrückt nach dir“, raunte er. „Wie kannst du nur denken, ich könnte es nicht sein? Ich will dich genauso sehr wie du mich.“

Seine Worte waren Musik in meinem Herzen. Ich zog ihn näher an mich heran und öffnete meine Beine für ihn. Er legte sich dazwischen und begann, sich sehr eindeutig auf mir zu bewegen.

Nach Luft ringend schlug ich die Augen auf und sah den Sternenhimmel über uns leuchten. Meine Lippen fühlten sich taub an, so intensiv hatte er mich geküsst. Sein Gesicht schwebte direkt über mir. Es lag im Schatten der silbrigen Nacht, doch ich konnte seinen Blick und seine Konturen trotzdem erkennen.

Außer uns war niemand mehr hier. Natürlich könnte jederzeit ein anderes verliebtes Paar auftauchen, aber der Moment mit ihm war so perfekt und barg diesen Zauber der Sterne, dass ich noch nicht fort, sondern ihn an Ort und Stelle spüren wollte.

Ich glitt mit meiner Hand unter sein Shirt und streichelte seine Haut. Sie war seidig und warm. Ich strich an den Konturen seiner Rippenbögen und Bauchmuskeln entlang. Sein Körper fühlte sich unglaublich toll an. Langsam tauchte ich tiefer, legte meine Finger an seinen Gürtel und löste die Schnalle.

„Angel“, raunte er. „Bist du sicher?“

Ich nickte stumm. Alles war vollkommen. Mit zittrigen Fingern öffnete ich den Knopf seiner Hose und schob meine Hand unter den Bund seiner Shorts. Sein Schwanz war heiß und hart und sprang mir förmlich in die Hand.

Rhys stöhnte auf und beobachte mich dabei, wie ich ihn berührte. Er stützte sich mit den Händen neben mir ab, um mir Platz zu verschaffen. Im silbrigen Licht schimmerte seine Haut hell. Ich legte meine Finger um seinen kräftigen Schaft und massierte ihn hingebungsvoll. Der Anblick seiner Eichel, wie sie immer wieder zwischen meiner Faust hindurch stieß, erregte mich über die Maßen.

Ich konnte es kaum noch erwarten, ihn in mir zu spüren. Es war so lange her, dass ich mit einem Mann aus Fleisch und Blut zusammen gewesen war. Kein Vibrator der Welt konnte diese Gefühle auslösen, die gerade in mir tobten. Ich liebte Rhys. Ich wollte ihn so unbedingt und grenzenlos. Ich wollte mich ihm schenken und von ihm erobert werden.

Ich wollte Leidenschaft und verschwitzte Bettlaken. Ich wollte morgens vom Geräusch der Dusche wach werden, auf nackten Sohlen ins Bad schleichen und mich zu ihm stellen. Ich wollte vor Verliebtheit Herzchen auf Notizblöcke malen und selbst im Regen ohne Schirm noch grinsen, wenn alle anderen fluchten, weil ich glücklich wäre.

Ich rieb mit dem Daumen Kreise über seine Eichel und ließ meine freie Hand an seinem Schaft hinabgleiten, bis ich seine Hoden massieren konnte. Schweißperlen glänzten auf seiner Stirn und sein Mund stand halb offen. Ich sah die Lust und den Genuss in seinen Augen. Unter schweren Lidern beobachtete er mich. Seine Erregung wuchs und er ließ seine Hüften immer stärker vorstoßen.

Dann entzog er sich mir, setzte sich auf und öffnete meine Hose. Er war so hungrig, dass er mir die Kleider vom Leib zerrte. Ihm war anzusehen, dass er sie am liebsten heruntergerissen hätte, aber er achtete darauf, dass alles heile blieb. Als ich splitternackt vor ihm lag, zog er sich selbst komplett aus.

Er war groß, stark und schlank. Beim Anblick von seinem Schwanz, der aus dem Schoß aufragte, zog sich alles in mir vor Verlangen zusammen. Gleich würde er mich lieben.

Rhys kniete sich zwischen meine Beine, schlang das Plaid abermals um uns und legte sich über mich. Ich hörte das Rauschen der Wellen, roch das Salz in der Luft und spürte die buckligen Wölbungen des Sandes durch das Strandtuch hindurch in meinem Rücken.

„Nimmst du die Pille?“, fragte er mich.

Ich schluckte und nickte. Mein Mund wurde trocken und ich benetzte meine Lippen. Er umfasste mein Kinn und küsste mich mit einem Fieber, dass ich wimmerte. Seine Zunge drang in meinen Mund und strich um meine, als wollte er sie umwerben. Er lockte mich, mit ihm das sinnliche Spiel einzugehen, und ich gab mich seiner Zärtlichkeit hin.

Mit den Knien drückte er meine Beine auseinander und senkte seine Hüften auf mich herab. Sein Schwanz drängte gegen meinen Schoß. Er nahm ihn in die Hand und rieb ihn mehrmals über meinen Kitzler, bis ich laut in seinen Mund stöhnte.

Rhys prüfte, ob ich feucht genug für ihn war, und stieß einen zufriedenen Laut aus, der über seine Lippen perlte. Er ließ zu keinem Augenblick von meinem Mund ab, unterbrach den Kuss nicht. Seine Zunge leckte über meine Lippen und gleichzeitig drückte er seine Eichel gegen meine Spalte.

Bedächtig drang er in mich ein. Stück für Stück eroberte er mich. Immer wieder kreisten seine Hüften, zog er sich ein Stück zurück und stieß dann tiefer hinein. Bis er in voller Länge in mir war.

Wir stöhnten beide auf.

Er ließ seine Hand zu meiner Brust hinauf wandern und kümmerte sich um meine Brustwarze. Seine Berührung schoss direkt in meinen Schoß.

„Ich will dich, Angel“, raunte er und stieß wieder zu. „Dass du mir gehörst.“ Ein weiterer Stoß. „Dass du das hier mit keinem anderen Mann machst.“ Zwei Stöße.

Seine Hand wanderte zurück zwischen meine Beine. Er benetzte seine Finger und rieb meinen Kitzler. Ich hatte das Gefühl zu verbrennen. Keine Luft mehr zu bekommen. In Wellenbewegungen drang sein Schwanz in mich ein. Immer schneller rieb er meine Perle.

Ich wimmerte und wand mich unter ihm, schaffte es kaum noch, seinen Kuss zu erwidern, so übermannt war ich von ihm. Als ich spürte, wie sich alles in mir zusammenzog, ließ er von meinem Kitzler ab und stieß leidenschaftlich in mich.

Mein Höhepunkt kam heiß und grell. Lichtpunkte tanzten wie Sterne vor meinen Augen. Er forderte den Kuss zwischen uns ein, ahmte mit seiner Zunge den Akt unserer Körper nach. Völlig willenlos lag ich unter ihm begraben und spürte, wie mich seine Nähe berauschte. Seine kraftvollen Stöße. Seine hungrigen Küsse. Das Stöhnen, das aus seiner Kehle aufstieg. Der Schweißfilm zwischen unseren Bäuchen. Das Klatschen von Haut, als er mich nahm.

Rhys trieb meinen Höhepunkt länger hinaus, als ich es jemals erlebt hatte. Immer wieder streifte sein Glied meine empfindliche Perle. Immer wieder zuckte ich um ihn zusammen. Bis er selbst kam.

Rhys warf seinen Kopf in den Nacken und der Anblick haute mich um. Er war so gefangen in unserer Nähe und seiner Lust. Wie in Trance ließ er seinen Kopf kreisen und sah mich unter schweren Lidern hervor an. Irgendwann blieb er einfach liegen und ich schlang meine Arme und Beine um ihn, um ihn ewig zu halten.

„Ich hatte noch nie Sex am Strand“, flüsterte er und hauchte mir kleine Küsse auf den Hals. „Das hättest du mir gleich vorschlagen sollen. Es war fantastisch.“

Um nicht zu riskieren, nackt und ineinander verschlungen hier einzuschlafen, richteten wir uns nach einer Weile auf. Jetzt, da er nicht mehr auf mir lag, fröstelte ich in der nächtlichen Brise, die vom Strand aufs Meer hinaus wehte.

Wir zogen uns an und packten alles zusammen. Dabei suchte Rhys fortwährend meine Nähe und zeigte mir, dass er mehr als nur Sex hatte haben wollen. Kleine Berührungen meiner Haare oder meines Armes begleiteten unsere Aufräumaktion.

„Dir ist klar, dass ich dich jetzt nicht einfach an deiner Haustür absetze und allein ins Hotel fahre, oder? Aber du darfst es dir aussuchen." Er wackelte mit den Augenbrauen: „Zu dir oder zu mir?"

Da ich definitiv nicht scharf auf Sex am Arbeitsplatz war, nahm ich ihn mit in meine Wohnung.

Wir liebten uns ein weiteres Mal und schliefen schließlich eng umschlungen auf sehr zerwühlten Bettlaken ein.

℘ 18 ☙

Es war toll, am nächsten Morgen aufzuwachen und Rhys neben mir vorzufinden. Nackt. Er sah unglaublich sexy aus, wenn er schlief. Der Mann war einfach brandheißes Material.

Bevor ich ins Hotel musste, bat ich ihn, duschen zu gehen. Er sah mich zwar erstaunt an, doch es war süß, dass er machte, was ich wollte. Als ich hörte, wie er die Dusche aufdrehte, tapste ich auf nackten Sohlen zu ihm und überraschte ihn, auch wenn er aussah, als hätte er schon darauf gewartet. Damit erfüllte ich mir einen weiteren meiner vielen Träume mit ihm. Auch für ihn schien damit ein Traum wahr zu werden. Seine Leidenschaft am Morgen war allerdings so gründlich und hingebungsvoll, dass ich fast zu spät zur Arbeit kam.

„Komm, ich fahre dich“, bot er an.

„Du kannst aber auch hierbleiben.“

„Du nimmst mich einfach nach der Arbeit wieder mit.“

Dankbar schloss ich meine Wohnungstür ab. Im Treppenhaus hörte ich schon den kleinen Aaron herumrufen, dass er nicht immer so früh in den Kindergarten wollte. Ich kannte das Theater. Seine Mutter war alleinerziehend und berufstätig und hetzte jeden Morgen hin und her, um alles zu bewältigen.

Weil er gerade bockig jede Treppenstufe einzeln anstampfte, holten wir die beiden ein. Aber als er mich sah, wich seine Empörung über die unchristliche Zeit.

„Oh, Angel, Angel“, jauchzte er und war hellauf begeistert, mich zu sehen. „Übermorgen ist Spielzeugtag in der Kita. Darf ich da dein cooles Lichtschwert mitnehmen?“

Vor Schreck hustete ich los. Rhys schaute mich sehr verwundert von der Seite an. Allerdings wurde sein Blick auch ziemlich neugierig. In meiner Wohnung, die er nun kannte, lagen keine Lichtschwerter herum.

„Ich glaube, es ist kaputt“, flunkerte ich.

Aaron zog einen Schmollmund. „Schade. Kannst du noch mal nachsehen?“

Ich wollte schon verneinen, als Rhys erklärte: „Das macht sie bestimmt.“

„Cool“, freute er sich und rannte nun plötzlich wie ein Irrwisch davon. „Das werde ich allen zeigen.“

„Tut mir leid, Angel“, entschuldigte sich meine Nachbarin für die Störung und eilte auch schon zur Haustür hinaus, um den Kleinen pünktlich abgeben zu können. Ich war echt froh, dass sie nie erfahren hatte, wie dieses ominöse Lichtschwert eigentlich aussah.

„Du hast ein Lichtschwert?“ Rhys wirkte sehr belustigt. „Miss Star Wars, ich hatte ja keine Ahnung.“

„Das ist alles ganz anders“, jammerte ich.

Wir liefen zu seinem Wagen und er hielt mir die Tür auf. Als wir eingestiegen waren, fragte er: „Und wie ist es genau?“

„Ach, ich habe von Cherry mal einen Vibrator bekommen, der im Dunkeln leuchtet, und Aaron hat ihn gefunden und zum Glück mit etwas anderem verwechselt.“

Rhys lachte los und wischte sich Lachtränen aus den Augen. „Mit dir wird es nie langweilig.“

Er brachte mich zum Hotel und wir betraten zusammen die Lobby.

Madison bekam bei unserem Anblick Stielaugen, hielt sich aber brav an das Protokoll: „Guten Morgen, Mister Sutton. Ich hoffe, Sie haben einen angenehmen Aufenthalt bei uns.“

Er nickte strahlend. „Ja, außerordentlich angenehm. Ich bin glatt dabei, mich in diesen *Ort* zu verlieben.“

Mein Herz schlug Purzelbäume, als er mich bei dem Wörtchen „Ort“ ansah.

„Ach, wirklich?“, gab sich Maddy erfreut und grinste mich an.

„Ja, und die ... *Einsatzbereitschaft* der Mitarbeiter für ihre Gäste ist absolut herausragend.“

Ich war so kurz davor, diesem Strolch auf den Hintern zu klapsen. Meine beste Freundin hingegen bekam sich vor Entzückung kaum noch ein. Ich lief hinter die Rezeption und steckte mein Namensschild an.

„Ah, Miss Watson“, sagte Rhys und warf einen Blick auf seine Uhr. „Schön, dass Sie endlich da sind. Fangen Sie denn immer so spät an?“

„Ich haue dich gleich“, zischte ich, aber ich konnte mir das Grinsen nicht verkneifen. Wenigstens hatte er mich nicht wieder Miss Star Wars oder Barbie genannt.

„Nein, wieso?“, gab er sich ahnungslos. „Das wäre

schade, denn bisher waren ihre Tipps zur Freizeitgestaltung umwerfend." Allerdings gähnte er herzhaft, was mich sofort ansteckte, und rieb sich den Nacken. „Ich lege mich besser mal hin. Irgendwie habe ich heute Nacht kaum geschlafen."

Ja, seltsam.

Maddy räusperte sich amüsiert.

„Vielleicht hat ihnen ihr schiefer Boden gefehlt", gab ich zu bedenken.

Er lehnte sich zu mir vor und ging wieder zum Du über: „Falls du nachher mal einen Mittagsschlaf brauchst, zeige ich dir gerne wie schief dieser Boden ist."

Bestimmt während ich unter Rhys auf dem Boden lag.

Ich lachte und schüttelte den Kopf. „Nein, ich muss arbeiten. So was mache ich lieber in der Freizeit."

Außerdem hatte ich in der Mittagspause noch etwas Wichtiges vor.

Rhys ging auf sein Zimmer und ließ uns arbeiten. Eigentlich.

Aber Maddy wollte mal wieder alles wissen. Im Grunde war das wie sonst auch. Nur, dass nichts mehr wie sonst war. Meine ganze Welt stand Kopf und überall gab es nur noch Wolkenschlösser und Harfenmusik.

„Nein, auf keinen Fall!", verwehrte sich Cherry.

„Ach, komm schon. Es ist doch bloß ein Praktikum", probierte ich es.

Ich hatte endlich Mittagspause und seither vermutlich achthundert Mal gegähnt. Trotzdem hatte ich die Pause dafür genutzt, um meiner Schwester von der Möglichkeit zu berichten, sich in Rhys' Firma zu bewähren.

„Was soll ich denn in so einer Kfz-Werkstatt? Damit

kenne ich mich gar nicht aus."

Ich schnaubte. „Ach, komm. Du hast dich mit allen Produkten, die du verkauft hast, im Vorfeld nicht ausgekannt. Außerdem würde er dich anlernen lassen, wenn du dich gut anstellst."

„Ich kann mir so einen Job unter der Knute eines Arbeitgebers nicht vorstellen."

Ich stemmte die Hände in die Seiten, weil sie so stur war. „Ach, und warum? Weil es schlimm ist, wenn du dort feste Arbeitszeiten und sonntags frei hast? Weil es dir nicht gefällt, dass du jeden Monat mit einem festen Einkommen rechnen kannst, das deinen Alltag planbar macht? Weil du es toll findest, so ohne Krankenversicherung und nicht zum Arzt gehen zu können, selbst wenn du Medikamente brauchst? Weil du es liebst, für die Produkte, die du verkaufen möchtest, in Vorleistung zu gehen, ohne zu wissen, ob du das Geld wiedersiehst? Weil dir sieben erfolglose Selbständigkeiten keine Heidenangst einjagen? Weil ..."

„Ist ja schon gut!", blaffte sie mich an. „Aber dass du so was hinter meinem Rücken drehst ..."

„Ich hatte das gar nicht vor", gestand ich. „Es ergab sich ganz spontan. Cherry, es geht doch bloß um drei läppische Tage. Mehr nicht. Du verlierst und riskierst nichts dabei. Du sollst es doch nur ausprobieren. Wenn es dir nicht gefällt, dann machst du danach auf deine Weise weiter, als wäre nichts gewesen."

Wobei ich betete, dass diese Variante nicht eintrat.

Sie stand mit verschränkten Armen vor mir und sah trotz ihrer Wut noch immer blass aus.

„Aber wir machen uns Sorgen um dich", fuhr ich fort. „Du bist Mom und mir doch nicht egal. Und wir sehen, wie schlecht es dir geht. Es würde mir so viel bedeuten, wenn du es mal versuchst.“

Sie stöhnte. „Und dann noch umsonst ...“

Ich hob die Hand, um meinen Einwand vorzubringen. „Nein, nicht umsonst. Wenn du fleißig bist und brav mitmachst, reparieren sie dir dort kostenlos dein Auto.“

Cherry starrte mich bass erstaunt an. „Ehrlich?“

Jetzt klang sie interessiert. Juhu!

„Ja, ehrlich. Aber du darfst kein Gesicht wie sieben Tage Regenwetter ziehen. Rhys kommt dir nur entgegen, wenn du dich aufführst, wie die Mitarbeiterin des Monats.“

Sie gluckste. „Für drei Tage bekomme ich das hin. Ich brauche mein Auto, um zu den Vorführungen zu fahren.“ Jetzt seufzte sie selig. „Danke, Angel. Ich hätte mir die Reparatur nicht leisten können.“

Ich drückte sie und war zufrieden. Sie mochte vielleicht glauben, dass sie dort nur hinging, um sich die Belohnung abzuholen und danach wieder als Kosmetikvertreterin durch die Gegend brausen zu können, aber ich war mir sicher, dass ein paar Tage unter guten Arbeitsbedingungen nicht spurlos an ihr vorübergehen würden.

Hoffentlich.

Als ich ins Hotel zurückkehrte, stand Rhys plaudernd vor Madison.

„Ist nicht wahr“, sagte er gerade.

Ich argwöhnte schon, dass sie über mich reden könnten. Maddy war manchmal eine echte Plaudertasche. Ob es um den Abend mit dem Anruf ging oder um peinliche Geschichten aus meiner

Vergangenheit?

„Hey, Angel“, rief sie mir zu.

„Na, ihr beiden, worüber amüsiert ihr euch so prächtig?“, grüßte ich zurück und begab mich zu meinem Platz an der Rezeption.

Zumindest hatte ich das vor, aber Rhys hielt mich am Arm fest und drückte mir einen zärtlichen Kuss auf die Lippen. Dann raunte er: „Als ich vorhin aufgewacht bin, habe ich dich vermisst.“

Seine Worte prickelten durch meinen gesamten Körper.

Maddy war so frech zu rufen: „Nehmt euch ein Zimmer.“ Wobei sie zum Spaß eine unserer Zimmerkarten hochhielt.

Rhys klopfte sich auf die Tasche. „Wir haben schon eins.“

Madison schenkte ihm einen verschwörerischen Blick. „Ich kann Sie upgraden, Mister. Die Honeymoon Suite ist frei. Na, was sagen Sie?“

Das Brautpaar war längst draußen und der chinesische Tourist, der es in den letzten beiden Nächten genutzt hatte, war ebenfalls abgereist.

„Nein, ich bin sehr zufrieden. Außerdem muss ich Angel noch den schiefen Boden zeigen.“

„Den gibt es doch hier überall“, erwiderte sie unbedarft.

„Wie war das mit dem welligen Teppich?“, zog er mich auf.

Ähm ...

„Worüber habt ihr denn nun genau gesprochen?“, wechselte ich das Thema.

„Meine Mutter hat angerufen“, antwortete Maddy. „Sie

hat gefragt, ob du nach der Arbeit bei ihr vorbeikommen kannst. Sie will ein paar Fotos für die Website machen. Dafür sollst du ihr Modell stehen."

Oh, es war gar nicht wirklich um mich gegangen. Ich war glatt erleichtert.

Weil Rhys mich noch nicht losgelassen hatte, konnte ich ihm tief in seine hellblauen Augen sehen. „Wäre das okay, wenn ich das nachher noch mache? Oder hast du schon etwas reserviert?" Denn falls er bereits etwas Ähnliches wie den Helikopterflug organisiert hatte, ließ es sich schlecht aufschieben.

Er hauchte mir einen Kuss auf die Nasenspitze. „Das geht absolut in Ordnung. Ich freue mich schon drauf, dir dabei zuzusehen, wie du fotografiert wirst."

Also, sein Blick machte mich echt schwach. Mit einem glücklichen Seufzen löste ich mich von ihm und stellte mich neben Madison. Immerhin war ich auf Arbeit.

„Übrigens habe ich noch etwas für dich", sagte Rhys und hielt mir eine große Plastiktüte hin, die bisher am Boden gelegen hatte.

„Für mich?"

Er zwinkerte verschmitzt. „Du darfst es aber gerne weiterverschenken. Bis nachher."

Mit diesen Worten schlenderte er aus der Lobby. Verblüfft hielt ich die Tüte auf und hätte vor Rührung gleichzeitig lachen und heulen können. Er war so süß.

„Was ist das?", wollte Maddy wissen, die meine Reaktion genau beobachtete.

„Ein Lichtschwert für den kleinen Aaron."

ഗ 19 ര

„Könntest du dein Kinn ein bisschen anheben?“, bat mich Maddys Mom Lauren.

Ich folge ihrer Anweisung und hörte den Auslöser der Kamera klicken.

Der Laden war bereits geschlossen und so waren nur Rhys, sie und ich hier, um ungestört ein paar Fotos von mir in Brautkleidern zu machen. Im hinteren Teil ihres Geschäfts befand sich eine große Wand, auf die ihr ein befreundeter Künstler einmal einen Schlosspark gezeichnet hatte. Das Motiv war absolut romantisch, als wäre es aus einem Märchenbuch entsprungen. Nun nutzte sie es als Hintergrund für ihre Fotos und hatte einige Scheinwerfer im Raum verteilt, damit nirgendwo Schatten auf den Bildern entstanden.

Sie hatte mich schon in drei verschiedenen Kleidern abgelichtet. Meine Haare hatte sie locker hochgesteckt und kleine Spangen in Form von silbernen Schmetterlingen darin eingearbeitet. Mal machte sie Bilder von mir mit einem Schleier, mal mit einem

Brautstrauß.

„Sieht sie nicht fabelhaft aus?“, erkundigte Lauren sich hochzufrieden bei Rhys, der es sich in einem gemütlichen Polstersessel hinter ihr bequem gemacht hatte und für meine rosigen Wangen und das Strahlen im Blick verantwortlich war. „Und erst dieser Gesichtsausdruck ... Perfekt, Angel.“

Rhys ließ mich keinen Moment aus den Augen. „Ja, sie ist wirklich umwerfend schön.“

Ich bekam schon wieder Herzrasen.

„Jetzt tu mal so, als ob du den Strauß über deine Schulter nach hinten wirfst.“

Wieder folgte ich ihrer Anweisung, aber sie war nicht zufrieden.

„Nein, so ist dein Arm dauernd im Weg. Dreh dich mal um. Wir machen es mit der Rückansicht. Schau nach hinten zu mir und tu dann wieder so, als ob du die Blumen wirfst.“

Ich drehte mich um, zupfte das Kleid in Form und verrenkte mich für das perfekte Foto.

„Heb den Kopf mehr ... Lächele ... Ich brauche stärkere Augen ... Mehr Freude ... Mehr Elan ... Das muss schwungvoller aussehen ...“

Ich war so darin vertieft, mich auf meinen Gesichtsausdruck zu konzentrieren, dass mir bei dem schwungvollen Wurf der Strauß aus der Hand rutschte und plötzlich in hohem Bogen davonflog und in Rhys’ Schoß klatschte.

Ups.

„Geht’s dir gut, Schatz?“

Aber er lachte nur und sammelte sich einige Blütenblätter von der Hose. Ob er jetzt als Nächster mit dem Heiraten dran war?

„Also, das Foto dazu ist prima", befand Lauren und zeigte uns den erhobenen Daumen. „Jetzt will ich dich noch mal in dem Kleid, das du so liebst, knipsen. Mit dem ganzen Brimborium. Schleier, Blumen, Perlengürtel ... Du sollst aussehen wie am Tag deiner Hochzeit."

Sie wandte sich an Rhys. „Angel hat nämlich ein Lieblingskleid, müssen Sie wissen. Wenn ihr großer Tag gekommen ist, wird sie genau das tragen."

Oh, oh. Hoffentlich rannte Rhys jetzt nicht schreiend davon. Maddy behauptete ja immer, das wäre ein Vogelscheuchenthema.

„Ist das so?", fragte er mit belegter Stimme. Er sah schlagartig ernst aus und ich begann, mir Sorgen zu machen.

Lauren nickte beherzt. „Wir führen es ihnen mal vor. Komm, Angel."

Sie legte die Kamera beiseite und zog mich mit sich in die geräumige Ankleide.

„Ich weiß nicht recht", stammelte ich. „Ist das eine gute Idee?"

„Aber ja, Schätzchen, das wird toll. Ich packe dich damit auf die Startseite von meiner Homepage."

„Aber sollte das nicht eher für den großen Tag aufbewahrt und zurückgehalten werden?"

„Unsinn." Sie schüttelte den Kopf. „Dann kannst du dich darin immer anschauen."

Sie war mir beim Umziehen behilflich und das dauerte eine ganze Weile. An den Stellen, an denen das Kleid etwas zu weit war, heftete sie mir Klammern im Rückenbereich an, damit von vorne auf den Fotos alles makellos aussah.

Als sie mich haargenau so zurechtgemacht hatte, wie ich eines Tages aussehen wollte, kamen mir fast die Tränen. Das war einfach mein Kleid. War es immer gewesen. Dieses hier sollte es sein und kein anderes. Und Rhys sollte es sein und kein anderer.

Lauren schob mich zurück zum Fotobereich und platzierte mich vor der Wand. „Ja, das ist es", juchzte sie und wandte sich an Rhys. „Sie wird einmal eine wunderschöne Braut sein, finden Sie nicht?"

Er nickte stumm. Unter seinem durchdringenden Blick fühlte ich mich ganz befangen. Lauren ließ mich verschiedene Posen einnehmen, war aber mit keiner zufrieden.

„Oh, jetzt weiß ich, was fehlt", rief sie und drehte sich zu Rhys herum. „Ich brauche einen Bräutigam neben Angel. Damit wird es erst perfekt. Und zwar perfekt mit großem P."

Das tat sie jetzt nicht wirklich, oder?

Voller Tatendrang legte sie die Kamera zur Seite, schnappte sich Rhys und zog ihn schwungvoll aus dem Sessel. „So, mein Lieber, ich habe einen bombastischen Anzug für Sie. Da werden Sie staunen."

Verwundert schaute ich den beiden nach. Rhys ließ das wirklich mit sich machen? Aber er war doch plötzlich erstarrt wie eine Salzsäule. Nägel kauend wartete ich auf ihre Rückkehr. Nach ungefähr zehn Minuten brachte Lauren ihn mir wieder und wischte mit der Hand von allen Seiten über seinen Anzug, damit er tadellos saß. Und das tat er.

Ich brachte kein Wort heraus, bekam kaum noch Luft und konnte mich gar nicht mehr rühren. Von seinem Anblick war ich völlig überwältigt. Rhys trug einen dunkelgrauen Anzug, der edel glänzte. Dazu ein weißes Hemd und eine weiße Weste, in die eine feine Struktur geprägt war. Eine silberweiße Krawatte und ein gleichfarbiges Einstecktuch rundeten das Bild ab. Ich wollte ihn so unbedingt. Ganz genau so. Er war der Mann meiner Träume.

Rhys schob seine teure Uhr am Handgelenk in Position und strich den Ärmel glatt. Sexy und selbstbewusst. Dann richtete sich sein Blick auf mich und er kam auf mich zu, als wären wir zwei Magnete, die voneinander angezogen wurden.

Ich schluckte und räusperte mich.

„Umwerfend!“, schmachtete Lauren. „Ihr zwei solltet eigentlich auch in echt heiraten. Das ist mir in zehn Jahren nicht untergekommen, wie ihr zusammenpasst.“

Ich warf ihm einen scheuen Blick zu. Er zog mich in seine Arme und betrachtete mich mit diesem Feuer in den Augen.

„Angel, du musst lächeln!“, instruierte mich Lauren. „Wenn ein Mann dich so ansieht, musst du lächeln, als wäre dies der glücklichste Tag in deinem Leben. Das hier soll aussehen wie das Hochzeitsbild, das entstanden ist, nachdem ihr euch gerade das Jawort gegeben habt.“

Wenn es doch nur wahr wäre ... Mein Herz brannte vor Sehnsucht nach ihm.

„Alles okay, Baby“, flüsterte Rhys mir zu. „Ich bin doch hier.“

Gerührt lächelte ich ihn an und Lauren schoss ein Bild von uns, von dem sie behauptete, es wäre das Foto des Jahres. Endlich, nach so langer Zeit, hatte ich nicht nur das Kleid gefunden, sondern auch den Mann.

Der Rest der Woche verging wie im Flug. Wenn ich frei hatte, unternahmen wir Ausflüge, und wenn ich arbeiten musste, verbrachte Rhys auffällig viel Zeit am Computer in der Lobby. Jede Nacht liebten wir uns und einmal zeigte er mir den berühmten schiefen Boden in seinem Zimmer, der tatsächlich einige sehr ausgeprägte Dellen vorzuweisen hatte.

Als der Tag des Abschieds kam, wusste ich, dass wir uns wiedersehen würden. Er käme mich in Swanage besuchen und ich ihn in London. Ich würde auch um die ganze Welt reisen, um bei ihm sein zu können. Er war mein Schicksal. Daran glaubte ich fest.

Trotzdem war es am Tag nach seiner Abreise ganz merkwürdig im Hotel. Rhys fehlte in jedem Augenblick meines Tages. Der Computer in der Lobby stand wieder einsam und verlassen da und ein neuer Gast checkte in das ehemalige Zimmer von ihm ein. Maddy war so lieb, den Check-in-Vorgang abzuwickeln. Früher hatte ich mir nie etwas dabei gedacht, diese Suite zu vergeben. Aber jetzt war es nicht mehr einfach bloß ein Raum wie jeder andere.

„Na, das wird schon“, probierte Maddy, mich aufzuheitern. „Am Wochenende siehst du ihn ja wieder. Und bis dahin schreibt ihr euch ganz viele SMS und telefoniert stundenlang. Mittlerweile darfst du ihm schließlich sogar sagen, dass du ihn abschlecken willst.“

Aber nicht nur für mich stellte die neue Woche eine Bewährungsprobe dar, sondern auch für meine Schwester. Sie hatte ihr Praktikum in Rhys’ Firma angetreten. Am ersten Tag bemängelte sie, wie ungewohnt es sei, plötzlich Kollegen zu haben, auf die man sich einstellen müsste. Sie hatte ihr Auto in der

Werkstatt gelassen und war mit dem Bus nach Hause gefahren.

Am zweiten Tag bekam sie einen reparierten Wagen zurück und gestand, dass es ein paar Vorzüge gab. Außerdem wären die Kollegen sehr nett und würden ihr gerne weiterhelfen.

Am Abend des dritten Tages saßen wir in meiner Lieblingsbar. Dieselbe, in der ich so betrunken gewesen war, dass ich Rhys angerufen hatte. Wieder so ein Ort voller Erinnerungen. Swanage war plötzlich voll davon.

„Und was sagst du? Wie soll es weitergehen?“, wollte ich von Cherry wissen.

Ich betete, dass sie nicht wieder als fahrende Kosmetikverkäuferin unterwegs sein wollte.

Gedankenverloren rührte sie in ihrem Cocktail und spielte dabei mit dem Cocktailschirmchen. Eine Antwort erhielt ich nicht. Sie war ohnehin ganz schweigsam.

„Cherry?“

Seufzend schaute sie mich an. „Meinst du denn, ich bekomme den Arbeitsvertrag?“

Ich machte große Augen. „Willst du ihn denn?“

Verlegen kratzte sie sich am Ohr. „Eigentlich hab ich immer gedacht, dass es keinen Spaß machen kann, so eine fremdbestimmte Arbeit auszuführen, aber ...“ Sie zuckte mit den Schultern. „Irgendwie war es doch ganz nett. Ich würde es mal probieren.“

„Juhu!“ Begeistert fasste ich nach ihren Händen, um sie zu drücken.

„Au!“, rief sie. „Willst du mich melken?“

Was hatten denn immer alle nur?

„Glaubst du, ich kann dort anfangen?“ Sie drehte das Schirmchen in ihren Händen. „Also, was ich eigentlich meine: Könntest du Rhys mal fragen?“

Ich nickte feierlich. Einen *Devil’s Shake* später kramte ich mein Handy aus der Tasche.

„Wofür hast du den denn jetzt getrunken?“, wunderte sich meine Schwester.

„Das iss’n Glückscocktail“, erklärte ich etwas lallend. „Als ich den das letzte Mal hatte, hab ich mir Rhys geangelt.“ So oder so ähnlich jedenfalls. „Jetz’ ruf ich ihn wieder an und dann geht auch wieder alles glatt. Gut, ne?“

Sie nickte zweifelnd. „Ja, toller Plan.“ Das klang ein bisschen ironisch.

Cherry war eben nicht dabei gewesen und kannte die magische Wirkung des Teufelszeugs nicht. Vorfreudig kichernd wählte ich Rhys’ Nummer.

„Hey, Süße“, grüßte er mich. „Ich habe gerade an dich gedacht.“

„Hey, Mister Sutton, ich steh auf dich“, wiederholte ich meine Worte von damals.

Er lachte. „Hast du etwa getrunken?“

„Bisschen. Aber nur Glückswasser.“

„Leg auf“, bat mich Cherry. „So kriege ich die Stelle doch nie.“

„Skepschi... Skepti... äh ... Zweiflerin.“

„Wofür brauchst du denn Glückswasser?“, wollte Rhys wissen.

„Damit meine Schwester die Stelle bekommt.“

Jetzt klang er sehr neugierig. „Will sie die denn auch wirklich? Ich mag keine halben Sachen.“

„Warte mal kurz.“ Ich wandte mich an Cherry. „Willst du die auch hundertprozentig?“

Sie nickte hoffnungsvoll.

„Yep“, bestätigte ich seine Frage.

„Es könnte sein, dass ich hier einen Arbeitsvertrag in der Hand halte. Aber was bekomme ich dafür?“

„Was willst du denn dafür?“, konterte ich.

„Dich“, raunte er. „Ich muss dich dringend spüren, Baby.“

Huh! Mir wurde ganz kribblig. Allerdings hatte die Sache einen gewaltigen Haken: „Das ist aber schwierig am Telefon. Du bist doch gar nicht hier.“

Zwei Finger tippten mich von hinten an. Ich strich sie weg wie lästige Fliegen und drehte mich im Stuhl um. „Mann, siehst du nicht, dass ich hier gerade telefo...?“

Das letzte Wort blieb mir im Hals stecken. Da stand Rhys! Mein Rhys. Er hielt so einen komischen braunen Umschlag in der Hand. Ich stierte ihn an wie ein Regenbogenpony.

Er schüttelte meiner Schwester förmlich die Hand. „Rhys Sutton. Sie müssen Cherry Watson sein.“

Sie nickte und sah ebenso verwundert aus wie ich.

„Ich habe hier ihren Arbeitsvertrag. Machen Sie nicht mehr so lange. Toby Meller erwartet Sie morgen Früh pünktlich in der Werkstatt.“

„Wirklich?“ Sie lachte und nahm begeistert den Umschlag entgegen.

„Ich höre, der Wagen läuft wieder?“

„Ja, vielen Dank. Das war Rettung in letzter Sekunde.“

Machte er da gerade ernsthaft Small-Talk mit ihr? Ich starrte ihn immer noch an wie eine Erscheinung. Und dann schielte ich auf mein Getränk. Das war ja wirklich Glückswasser. Mit dem Zeug bekam man sogar noch mehr, als man sich gewünscht hatte. Ich sollte ein ganzes Fass davon kaufen.

Arbeitsvertrag plus Rhys. Wow.

„Was machst du hier?“, stammelte ich. Er hatte eigentlich erst Freitag herfahren wollen.

Rhys beugte sich zu mir herunter und küsste mich aufs Ohr. Dann flüsterte er: „Das habe ich dir doch schon gesagt. Ich hab es einfach nicht ohne dich ausgehalten.“

Er zwinkerte und richtete sich wieder auf. „Außerdem hatte ich geschäftlich in Bournemouth zu tun.“ Dabei deutete er auf Cherrys Arbeitsvertrag, aber das war eine schwache Ausrede, weil er dafür nicht hätte herkommen müssen.

Nein, die Wahrheit war, dass er mich vermisst hatte. Ich fühlte mich rundum glücklich.

„Wusstest du, dass die Stadt ausgebucht ist? Ich habe kein Hotelzimmer. Eigentlich wollte ich dich im *Old Beauty* überraschen.“

Ich grinste ihn an. „Ach, ja?“

„Deine Freundin von der Rezeption hat mir gesagt, wo ich dich finden kann. Du hast nicht zufällig einen Platz in deinem Bett frei?“

Cherry räusperte sich und erklärte: „Du, Angel, ich bin eh auf dem Sprung. Morgen muss ich früh raus. Ich will ja bei meinem Boss einen guten Eindruck machen.“ Sie lächelte uns beide an und war schneller verschwunden als ein Bankräuber auf der Flucht.

Rhys grinste. „Ich mag sie. Das ist eine Mitarbeiterin, die genau weiß, wann man sie braucht und wann nicht.“

Ich kicherte. „Und jetzt?“

„Jetzt hast du mir versprochen, dass ich dich spüren darf.“

Er warf ein paar Scheine auf den Tisch, um unsere Cocktails zu bezahlen, und zog mich vom Stuhl hoch.

Direkt in seine Arme. Dabei presste er den Beweis seiner Erregung an mich.

„Du willst also nur Sex?“, vergewisserte ich mich.

Rhys schüttelte den Kopf und seufzte. „Was mache ich bloß mit dir? Hast du denn noch immer nicht gemerkt, dass ich mich rettungslos in dich verliebt habe?“

ꟗ EPILOG ꟗ

Fünf Wochen später ...

„Angel, du musst sie alle auspusten“, schrie Maddy und knipste ein Foto von mir und meiner Geburtstagstorte, auf die sie frecherweise eine goldene Dreißig gesteckt hatte. Sie sah aus wie jene Embleme für runde Seniorengeburtstage.

Gerade als mir bei der letzten Kerze die Luft ausging, half Rhys von der Seite nach und pustete mit.

„Geschummelt!“, rief Maddy. „Jetzt musst du nochmal dreißig werden.“

Da stand sie also, jene Drei vornedran. Das war mein neues Alter. Drei. Null. Keine Zwei mehr. Aber seit Rhys bei mir war, hatte ich jede biologische Uhr vergessen. Endlich hatte sich etwas in meinem Leben geändert und plötzlich stand mein dreißigster Geburtstag unter einem guten Stern. Drei brachte eben doch Glück.

„Auf dich“, prostete Cherry mir zu. Sie trug ein pinkes Partykleid mit einem schwarzen Gürtel und hatte sich sogar ein rosa Hütchen auf den Kopf gesetzt.

Aber meine Schwester war nicht alleine hier, sondern in Begleitung eines gewissen Toby Mellers, dem Werkstattleiter von Rhys' Niederlassung in Bournemouth. Zwischen Cherry und Toby hatte es sofort gefunkt. Er war ein netter, ruhiger Kerl mit einer derart sympathischen Ausstrahlung, dass Mom ihn sich als Schwiegersohn wünschte. Das hatte sie mir ganz im Vertrauen gesagt.

Ihre Wünsche in Bezug auf Rhys und mich hatte sie ebenso klar geäußert. Nun stand sie ganz gerührt hinter meiner Schwester und tupfte sich mit einem Taschentuch die Tränen aus den Augenwinkeln.

Es waren alle hier, die mir wichtig waren: Mom, Cherry, Rhys, Madison und deren Mutter Lauren.

Wir stießen gemeinsam mit unseren Cocktails an. Jeder hatte einen *Devil's Shake* bekommen. Der Barbesitzer hatte mir zwar die Zusammensetzung nicht verraten wollen, mir aber angeboten, dass ich sämtliche Cocktails auch „to go" haben könnte. Selbstredend hatte ich keine Sekunde gezögert, davon Gebrauch zu machen. Es war immerhin Glückswasser und dies war mein Geburtstag.

Nun überschütteten mich alle mit ihren Geschenken. In Moms Päckchen fand ich ein hübsches Kleid. Von Cherry erhielt ich weitere Lippenstifte. Madison hatte uns Konzertkarten besorgt und ihre Mutter überreichte mir ein gerahmtes Bild. Darauf waren Rhys und ich zu sehen. Es war jenes sensationell schöne Foto, bei dem wir als Brautpaar posiert hatten. Der Blick, den wir einander zuwarfen, war so voller Gefühl, dass ich Herzflattern bekam, wenn ich es ansah.

Ich hatte es mir bereits als Hintergrundbild für meinen Computer und mein Handy abgespeichert, sobald es online gewesen war. Aber in groß und gerahmt wirkte es noch vollkommener.

Rhys starrte das Bild an und warf dann einen verzeihenden Blick in die Runde. „Würdet ihr Angel und mich bitte kurz entschuldigen? Ich muss ihr mein Geschenk unter vier Augen geben."

Verwundert schaute ich ihn an. Er nahm meine Hand und entführte mich in mein Schlafzimmer. Dann schloss er die Tür und drehte sich zu mir um.

„Rhys, was ...?"

„Miss Watson", begann er so formell wie am Tag seiner Anreise. „Denken Sie, es wäre möglich, dass ich meine alte Meerblicksuite in exakt einem Jahr noch einmal buchen könnte?"

Hä?

Das sollte ein Geburtstagsgeschenk sein?

„Ähm ..." Ich schluckte und nickte irritiert. „Klar. Wieso nicht? So weit im Voraus bucht doch niemand."

„Bestens." Er machte einen Schritt auf mich zu, sah mich mit seinen hellblauen Augen an und ergriff meine Hand. „Ich habe nämlich gehört, dass das *Old Beauty* eine traumhafte Kulisse für eine Hochzeit bieten würde."

Ich starrte ihn an ... und starrte ihn immer weiter an. Das hatte er gerade nicht gesagt, oder? Meinte er etwa, was ich dachte, dass er es meinte?

Und dann sank er auf ein Knie und schaute zu mir auf. Ich bekam Herzrasen und Sterne tanzten vor meinen Augen.

„Angel, als ich dich im *White Shades* in diesem Kleid erblickt habe, war es um mich geschehen, und die

Vorstellung, dass du einen anderen heiraten könntest, hat mich um den Verstand gebracht. *Ich* will dich. Und ich will dich für immer, denn ich liebe dich. Was sagst du: Willst du mich heiraten?“

Ich strahlte ihn an und gleichzeitig liefen mir Tränen über die Wangen. Mein Herz schien vor Glück zu zerspringen. Ich fiel ihm um den Hals und riss ihn dabei um. Wir polterten zu Boden, lachten und küssten uns. Rhys rollte sich auf mich und wischte mir die Tränenspur fort.

„Also?“, hakte er nach. Sein Gesicht schwebte über mir.

Ich nickte und brachte nur ein Flüstern heraus: „Ja. Von ganzem Herzen ja.“

Wer hätte gedacht, dass ausgerechnet an meinem Geburtstag meine Träume wahr würden? Das ganze Jahr hatte ich mich vor diesem Tag gefürchtet und nun konnte ich meinen einunddreißigsten Geburtstag nicht mehr abwarten.

Rhys senkte seine Lippen auf meine und küsste mich. Zärtlich. Glücklich. Verliebt. Ich schlang meine Arme und Beine um ihn und klammerte mich an ihm fest, als könnte ich doch noch im Meer ertrinken, wenn er nicht bei mir war.

Als er den Kuss löste, stand wieder dieses Feuer in seinem Blick. Er strich prüfend über mein Parkett und zwinkerte mir zu. „Sag mal, hast du es schon mal auf einem glatten Boden gemacht?“

Ich lachte und mein Herz flog zu ihm.

ENDE

Bisher von Anna Faye (Romance) erschienen:

„Red Hot – The colour of Ruby“
„Dark Purple – The kiss of Rose“
„White Shades – The call of Angel“

Bisher von Anna Winter (Romantasy) erschienen:

„Lea – Untermieterin bei einem Vampir“
„Schattenherz – Fesseln der Dunkelheit“ (1)
„Nachtkuss – Fesseln der Dunkelheit“ (2)
„Tränenschloss – Fesseln der Dunkelheit“ (3)
„Der Werwolf in der Badewanne – Eine Vollmondlektüre“ (1)
„Die Hexe fällt nicht weit vom Stamm – Eine Vollmondlektüre“ (2)
„Lucys Wunsch – Ein Winterroman“

IMPRESSUM

Herausgegeben von
Alexander Pohl
IDEEKARREE Leipzig
Alfred-Kästner-Str. 76
04275 Leipzig
www.ideekarree.de

13580279R00112

Printed in Poland
by Amazon Fulfillment
Poland Sp. z o.o., Wrocław